賢治と妖精琥珀

平谷美樹

集英社文庫

目次

賢治と妖精琥珀

第一章　妖精琥珀

一

油蟬《あぶらぜみ》の声が喧《かまびす》しい。

黒革のトランクに着替えを詰めながら、宮澤賢治《みやざわけんじ》はふと顔を上げた。この年二十七歳である。

開け放った窓の向こうには松の木が見えている。あの霙《みぞれ》の朝に、妹に食べさせるための雪を取った松である。あの日の寒さを一瞬肌に感じたが、それはすぐに過ぎ去って、窓からの生ぬるい風が袖をまくりあげた腕を撫《な》でた。

二枚重なったガラス戸の、わずかに波打つガラスが松を歪《ゆが》めている。

永久《とわ》の別れの朝の、涙のために揺らぐ景色を思い出した。

妹のトシが永遠に去ってしまったのだと、もう二度と戻ってこない旅に出たのだと分かり、それはなにものも揺るがすことのできない事実だと悟ったとき、賢治はトシの部屋を飛び出し、自分の部屋の押入に頭を突っ込み、大声で妹の名を何度も何度も叫んだ。声は押入の中に響き、一声叫ぶ毎《ごと》にトシとの想《おも》い出《で》が賢治から抜け出して、押入の中一杯にひしめき合ったのだった。

声が嗄《か》れて、喉が激しく痛み出し、賢治は咳《せ》き込む。咳《せき》の発作が収まった時の、押入の中の静寂は、今までの人生の中で初めて体験した静けさであった。妹の部屋から聞こえる家族の泣き声が、孤独と、取り残された悲しみと共に、静寂をより一層感じさせた。

賢治は溜息《ためいき》をつく。それは、トシが死んだ数日後から、胸の中のジクジクとした部分より止めどなく流れ出してくるものだった。一年近く経《た》つというのに、未《いま》だその傷は治らない。いや、瘡蓋《かさぶた》ができかけると、賢治自身が引き剝がしてしまうのだった。トシの死を受け入れ、心の痛みが薄れていくことに後ろめたさを感じ、常にあの日の悲しみの中に、自分を置いておかなければならないと戒めるのである。

賢治には農学校の教師という仕事があるから、四六時中悲哀の底にたゆたっているわけにはいかないという分別はある。けれど、偽りの笑顔を見せている苦痛が、賢治を二重に痛めつけるのだった。

賢治は、彼が〈異空間〉と名付けた、この世の外の者たちを見、声を聞くことがあり、その現象を〈幻視〉〈幻聴〉と呼んでいた。だから、そちら側に行ってしまったトシの姿を見、声を聞くことができるだろうと思っていた。けれど、トシはいっこうに現れない。今までの人生の中で、これほど強く念じたことはないというのに。自分が最期を迎えたこの土地には、悲しくて下りてこられないのかもしれない。あるいは、ここには異空間に繋《つな》がる扉はないのかもしれない——。

そんな思いに駆られていたために、大切な女性とも別れることとなった。

作業の手を止めて立ち上がり、窓に歩み寄る。庭の梅の木も、板塀の向こうの裏庭の栗《くり》や胡桃《くるみ》、豆柿《まめがき》の木も、深緑の葉を茂らせている。あの日、霙を降らす鉛色の曇天に黒い網目を描いていた枝に、生命力を漲《みなぎ》らせて——。

「トシは死んだのに、お前《め》だぢはなしてそったに元気なんだ?」

呟《つぶや》いてみて、その理不尽さに苦笑いした。それは、まだ笑うことに馴《な》れぬ頬に走った痙攣《けいれん》のようであった。

賢治は荷造りに戻る。

明日、樺太《からふと》に旅立つ。物見遊山ではない。賢治が奉職する岩手県立花巻《はなまき》農学校の来年の卒業生二人の就職を依頼するためであった。依頼先は豊原《とよはら》市王子《おうじ》製紙株式会社。

樺太は、平安時代から日本と交易を行っていた。樺太南部は、鎌倉、室町時代には安《あん》東《どう》氏が支配し、江戸期になると松前《まつまえ》藩が治めるようになった。

明治になる直前に、樺太全土を日本とロシアの雑居地とする条約が締結された。

明治八年（一八七五）樺太・千島《ちしま》交換条約が締結されて、樺太は全島がロシア領となった。だが、明治三十八年（一九〇五）九月五日、日露戦争に勝利した日本が、ポーツマス条約によって、その南部を領土として取り戻したのだった。

日本に帰属して十八年。二十万人を超える人口で、漁業や林業、製糸業、良質な石炭の採掘などで、多くの企業が進出している。

なぜわざわざ日本の北の果て、樺太に就職先を求めたかといえば、生徒の一人に地元から離れた方がいい事情があったからである。

樺太旅行は職務であったが、賢治には別の目的もあった。

去年の十一月に亡くなったトシとの交信――。他人《ひと》に言えば、視線を彷徨《さまよ》わせながら返事を探すだろうし、家族に話せば悲しげな目をして、馬鹿馬鹿しいと言うだろう。

妹に対する溺愛を嫌らしく誤解する者たちはあからさまに軽蔑の表情を浮かべるに違いない。だから賢治は口に出さなかった。けれど、北の荒涼たる大地に一人立てば、トシの霊が異空間から語りかけてくれるだろうという確信めいたものを感じていた。

それというのも、トシが死んだ次の月、十二月の吹雪《ふぶき》の日に、賢治は見たのだ。

洋服屋の前に佇《たたず》む黒いマントの女。

藍色の夕方、吹雪《ふぶ》く雪の向こうに、女はショーウインドの電灯のオレンジに照らされていた。帽頭巾《フード》によって目元は隠れていたが、その頬から顎にかけてがトシそっくりだった。いや、そっくりというより、トシその人だと賢治は思った。

女がこちらに顔を向けて、微《かす》かに微笑《ほほえ》んだ。相変わらず目元は頭巾の陰の中だった。少しだけ前歯が目立つ、リスのような口元――。

激しい吹雪の中、賢治は叫んだ。

「なんで今頃、こんたな所《とこ》を歩いでいるんだ！」

風があまりにも激しかったから、きっと往来の人々は誰もその声が聞こえなかったろう。

霙の朝のトシの死も、葬儀も納骨も、みな悪い夢であったのだと思った。

確かにこの目でその死を看取《みと》ったというのに、賢治の脳はその時、事実を否定していた。

あまりに強い衝撃的な体験をした時、それを概念化することは生物の一つの自衛作用だと賢治は思っていた。けれど、いつまでも守ってばかりいてはいけない――。

一際強い風が吹いて、目の前が真っ白になった後、洋服屋の前に女の姿はなかった。

賢治は雪に滑ってバランスを崩しながら、洋服屋の前まで走り、近くの小路をくまなく探したが、黒いマントの女の姿はなかった。

凍える体で家に帰り、小さな位牌《いはい》を見て、やはりトシが死んだこの世界が本物なのだと賢治は認めた。

けれど、もしかすると、あの夕方、現世《うつしよ》と隠世《かくりよ》の間、異空間とこちらの空間を遮る壁に破れ目ができて、向こうに生きるトシの姿を見たのかもしれないという思いは賢治の心に居座り続けた。

吹雪の中というまったくの孤独の中だからこそ、トシに会えたのかもしれない。

最果ての異国に身をおけば、もしかすると破れ目を見つけられるかもしれない。

汽車に乗って船に乗って北に向かうにしたがって、諸々《もろもろ》の束縛は希薄になっていくだろう。もしかすると、トシの霊は向かいの席に腰を下ろし、帽頭巾を上げてあのかわいらしい顔で微笑んでくれるかもしれない。

そして、失恋の傷心も癒せるかもしれない。

賢治は寂しげな微笑を浮かべながら、着替えの上に手拭いを数枚載せると、トランクの蓋を閉めた。

その時ふと、小さなプロペラの音のようなものを聞いて、賢治は顔を上げた。

天井近くで聞こえたそれは、きっと大きな二匹の鬼蜻蜓《おにやんま》かなにかだろうと思い、『やれやれ出してやらなければ』と思ったのだったが——。

どこにも蜻蛉《とんぼ》の姿はない。

階段を上って来る足音が聞こえた。

「あの、お客さまです」

女中の声が言った。

「誰だべ?」

「鈴木《すずき》三郎《さぶろう》さんと仰《おつしや》る方で」

「鈴木三郎さん……」

賢治は小首を傾《かし》げる。知らない名であったが賢治は答えた。

「通してけろ」

階段を下りる音が聞こえ、すぐに急ぎ足で上ってくる音が響いた。

遠慮がちに襖《ふすま》障子が開き、背広姿の男が正座して頭を下げた。上着が体に合っておらず、肩から背中、上腕のあたりがパンパンに張っている。脇に布鞄《ぬのかばん》を置いている。医者が持ち歩くような棒屋根の鞄だったが、くたびれた帆布製であった。

「鈴木三郎と申します。お初にお目にかがります。長内《おさない》村の小久慈《こくじ》で天田内焼《あまたないやき》で暮らしを立てておる者でございます」

長内村は、沿岸北部の村である。名前は知っていたが行ったことはなかった。鈴木の言葉には、沿岸北部の者特有のイントネーションがあった。

まだ標準語が定着する前である。同じ岩手県内であっても、旧南部《なんぶ》藩領であった土地と、旧伊達《だて》藩領であった土地、そして内陸と沿岸ではお国言葉が違った。

鈴木は商売かなにかで内陸に出る機会が多かったのか、賢治にも分かり易《やす》い言葉を選んで話しているようだった。

「宮澤賢治です。花巻農学校で教師をしています。まず、お入りください」

賢治が言うと、鈴木は膝で室内ににじり入り、襖を閉めて、もう一度頭を下げた。髪はぼさぼさだったが、髭《ひげ》は綺麗《きれい》に当たっていた。赤ら顔の中年男である。

「どのようなご用件でしょう？」

賢治は小さい座卓を挟んで鈴木と向き合った。

「稗貫《ひえぬき》農学校を出た、久慈町の新井田博文《にいだひろふみ》という男を覚えておいでですか？」

稗貫農学校は花巻農学校の前身である。今年の三月に新校舎が落成、引っ越しをして五月に県立花巻農学校として開校した。

「ああ、新井田博文くんなら覚えてますよ」

「博文に、宮澤賢治先生は〈石っこ賢《けん》さん〉と呼ばれるほど石に詳しいと聞ぎました」

「まぁ、好ぎで勉強しています」

鈴木はほっとした顔をする。

「〈くんのこ〉をご存じでしょうか？」

鈴木が言った時、階段を上る音が聞こえ、襖が開いて女中が茶を運んできた。銘々皿に豆銀糖《まめぎんとう》が載っていた。

「おもたせでございますが」

と女中が鈴木の前に置いたところをみると、手土産《てみやげ》であるようだ。豆銀糖は藩主が戦《いくさ》の携行食として創意したと伝えられる、黄粉《きなこ》と砂糖を水飴《みずあめ》で練って固めた盛岡の名物である。わざわざ下車して買って来たのだろうか――。

「お気遣い、ありがとうございます」賢治は豆銀糖をかじりながら言った。

「〈くんのこ〉は知っています。琥珀《こはく》のことですね。わたしは詩とか童話とか書くんですが、琥珀は夜明けの表現としてよく使います。好きな石ですよ」賢治は好きな宝石の話をふられて饒舌《じょうぜつ》になった。

「いや、あれは石というより樹脂なんです。松ヤニとよく似た色でしょ。ああいうものなんです。だども琥珀の原料となる樹脂は針葉樹のものばかりじゃないんですよね。桜の樹脂、見だことありますか？　濃褐色の樹脂が出るんですよ。樹脂が数千万年どが数億年どが地中さ埋もれでいるうぢに化石になるんです。石炭紀の地層から出てきます。久慈は琥珀の産地ですよね。久慈の琥珀は杉の樹脂じゃながったべかな。日本の遺跡から琥珀が出てくることがあるんですが、わたしはそれが久慈産じゃないがと考えてるんです。江戸幕府の時代がら久慈には琥珀商人が来ていたそうですね。簪《かんざし》や根付けにしたり、ロイマチスの痛み止めや利尿の薬にしたり……」

賢治は物言いたげに自分を見ている鈴木に気づいて言葉を切った。

「失敬。好きなごどになるとつい夢中になって」

「わだしが住んでいるのは小久慈の矢木沢《やぎさわ》という場所でして、〈くんのこほっぽ〉……、琥珀の採掘場が多くあります。天田内川でも山から流れてきた〈くんのこ〉を拾えます。うちの裏山からもちょぺっとだけ出ます」

「少しだけ出るのですね」

「はい。親父《おやじ》が陶器の土を掘っている最中に鉱脈を見つけました」

鈴木は鞄を開け、握り飯一個分ほどの大きさの新聞紙の包みを出して卓の上に置いた。

「これを見ていただきたくて」

鈴木は紙包みを賢治の前へ滑らせる。〈くんのこ〉を知っているかと訊《き》いたくらいだから、中身は琥珀だろう。結構な大きさだ。

賢治は新聞紙を開く。中から、いなり寿司《ずし》ほどの大きさの、黄褐色の琥珀が現れた。べっこう飴のような色だった。

その中に黒っぽいものが見えた。

希《まれ》に、昆虫が封じ込まれた琥珀が見つかることがある。そういう琥珀の類だと賢治は思った。

虫は蜻蛉に見えた。開いた羽根に気泡がついているのだろう、キラキラ光っている。琥珀の端で、羽根の一部が欠けていた。

「ああ、蜻蛉入りの琥珀ですか。元々は松ヤニみだいにドロドロしたものですから、樹皮を歩いでいた蟻《あり》とか、うっかり止まってしまった小さい羽虫とかが捕らえられてしまうんです。そういうのが入った琥珀はよくありますね。中には蜥蜴《とかげ》が入ったものまである」

と言って、賢治は「あれ？」と琥珀に封じ込まれている蜻蛉らしきものを凝視する。胴体が蜻蛉とは違った。もっと太いのである。尻尾が二つに分かれ、胸元からは蜻蛉の脚よりもずっと太い棒状のものが二本。

「何です、これは……？」

賢治は琥珀を卓に置くと、窓際の机に走り、拡大鏡を持って戻った。そして、琥珀に閉じ込められているものを子細に観察する。

大きな複眼があるべき場所には、〝顔〟があった。人の顔に酷似している。小さな小さな頭蓋骨に、乾涸《ひか》らびて黒褐色になった皮膚が張りついたような——、図鑑で見た木乃伊《ミイラ》の写真を思い出させた。口を大きく開いている。芥子《けし》の実より小さい歯が並んでいた。

背中に寒気が走り、賢治は小さく身震いした。

二つに分かれた尾と思ったものは脚で、尖端《せんたん》には五本の指も見分けられた。それは、胸元——、肩から生えている腕も同様だった。

頭部には髪もあった。黒い雲のように、琥珀の中にふわりと浮いている。

「蛸蛉ではねぇ……。これは妖精だ」

「ヨウセイですか？」

鈴木は眉をひそめた。

「知りませんか？　西洋の昔話に出てきます」

賢治はさらに細かく妖精を観察する。

「そうなんですか……。おらだぢは、人蜻蛉《ひとあきつ》って呼んでました。こいづはやっぱり、狐《こ》狸妖怪《りようかい》の類でしょうか？」

「まぁ、そうなんですが、これはちゃんとした実体がある。迷信なんかでねくて、生物として生きていだということです」

驚きが去って、猛烈な興奮が賢治の内側から湧き上がって来た。

「これは、凄《すご》いもんですよ」

賢治は、琥珀の端っこにもう一つ封じ込められているものを見つけた。細かい気泡が無数に張りついているもの――。別の羽根の一部だった。賢治は弾《はじ》かれるように顔を上げた。

「ここに閉じ込められているほかにも妖精がいたようです」

「はい。いました」

鈴木は淡々と答えた。

「えっ？　そのもう一匹はどこに？」

「事情が複雑なのですが……、結論から申しますと、盗まれました」

「盗まれだ……。そうですか、盗まれましたか。それでも、これ一つで生物学界がひっくり返るような大発見です。大昔、妖精が生物として存在していだんです」

賢治は興奮を静めようと深呼吸を繰り返した。

まてよ――。

落ち着きを取り戻して、賢治は眉をひそめた。

これは本物だろうか。

作り物ではないのか――？

賢治は人造宝石の商売を考えたことがあった。父親に商売をしようと持ちかけて断られ、頓挫したのであった。

だが、その経験から、宝石は人の手で作れるということを知っている。賢治が考えた人造宝石の中には琥珀もあって、質の悪い琥珀を溶かして固めて商品価値の高いものに変えるというアイディアであった。

琥珀は樹脂の化石だから石よりもずっと融点が低い。掌《てのひら》の熱で溶け出すものもある。つまり、偽物も作りやすい。常温で硬化する樹脂を使えば、中に人形を入れて偽物の妖精琥珀を造ることができる。

あちこちの寺で、人魚の木乃伊だの、河童《かっぱ》の手だのという奇怪な物が寺宝となっている。賢治も幾つか見たことがあったが、作り物であった。鮭《さけ》の尻尾と猿の胴体を繋げていたり、干した兎《うさぎ》の前脚であったり、すぐに見抜ける作り物であった。

それらは、仏の道を説くための道具であって、邪《よこしま》な商売に使っているのではなかったから、黙って手を合わせて帰った。

しかし、そういう紛《まが》い物《もの》は、輸出の品目にもなっているという話も聞いていた。外国人たちは珍しがって買って行くのだという。そして、かの地で見世物の商売をするらしい。これもそういう目的で作られたものではないか――？

人造宝石の商売をしようと考えていた頃、色々な書籍を購入して研究をした。その中に琥珀に関する本も何冊かあった。

それらは今、蔵の中で埃《ほこり》を被《かぶ》っているはずだ――。

微かな記憶が蘇《よみがえ》る。とるに足らない駄法螺《だぼら》であると読み飛ばした記述の中に、妖精が閉じ込められた琥珀の話があったような気がした。

それをヒントに偽物を作ったということはあり得る。

そういう物をわたしに売りつけるつもりなのかもしれない。わたしはしがない教師だが、父は財産家である。

危ない、危ない――。

賢治は妖精琥珀を新聞紙の上に置き、そっと鈴木の方へ押しやった。

「何でこれをわだしの所に？」

「これが何であるのか知りたかったのです。そして、預がってもらいてど思ったのです」

そら来た、と、賢治は思った。

「興味深いものではありますが、わだしは生憎《あいにく》、明日から樺太へ出かけなければならないのです。旅費やら何やらで懐は寂しい。譲り受けることはできかねます」

父に金を無心すればいいなどと言い出したら、怒鳴ってでも引き取らせようか――。

「お金を頂こうとは思っていません」

「ほぉ」賢治は間の抜けた声を出した。

「それでは、預がってもらいてどいうのは？」

「はっきり申し上げるのは失礼と思い、遠回しに言いました。この琥珀、差し上げます。お代はいりません」

言った鈴木の顔に、賢治は恐怖の色を感じ取った。

「差し上げますと言われても……。この妖精の価値がどれほどになるかは分かりませんが、周りの琥珀だけでもかなりの価値がありましょう？」

「はい。んだども、そんなごどはいいのです……」

鈴木は目を逸《そ》らした。膝の上で握った拳に力が入って、関節が白くなっていた。

「事情を聞きましょうか」

「はい」

鈴木は大きく息を吐いた。

二

鈴木の祖父がこの琥珀を掘り当てたのは慶応《けいおう》の頃、幕末であったという。

奇怪な二匹の人蜻蛉《ひとあきつ》が封じ込められた琥珀《くんのこ》は、買い手がつくとも思われず、しばらくの間、手箱に入れられ、納戸の奥にしまい込まれた。

しかしそのうち、家族の誰かが喋《しゃべ》ったのか、あるいは酒席で祖父が漏らしたのか、人蜻蛉の琥珀を買いたいという者が現れた。海辺に住む網元であった。

鈴木の祖父は、こんな得体の知れないもののせいで網元の身になにかあったら大変だと言って売るのを渋った。

網元は、ならば見るだけでもと言い酒と肴《さかな》を持参して、祖父の家に押し掛けた。

ところが、宴の途中で厠《かわや》へ立った祖父が部屋に戻ると、網元がすまなそうな顔をして、二つに割れた琥珀を見せた。

うっかり手を滑らせて落としたら割れたのだという。大切なものを傷物にしたのだからと、網元は三十両で引き取ると言った。

祖父は、自分が席を外した隙に、わざと二つに割ったのだと思った。確かに傷物にはなったが、売るつもりはないのだから構わないと答えた。

網元は怒り出す。ならば、代官所に切支丹伴天連《きりしたんばてれん》の呪物《じゆぶつ》を持っていると訴え出るぞと祖父を威《おど》した。それでも首を縦にふらない祖父に、せめて割れた片方でもいいから譲ってくれと網元は頼み込んだ。もし祟《たた》りがあるのならこれで二分の一。ちゃんと神棚を作って祀《まつ》るからと、土下座までした。

祖父は折れた。

いらないと言う祖父に三十両を押しつけて、網元は妖精琥珀の片割れを持って行った。

＊　＊

言葉を切った鈴木を、賢治は上目遣いで見た。今の話が本当であるという証拠はない。

そう思いながら、卓の上の琥珀に目を移す。

これが証拠であろうが、この妖精琥珀が本物であるという証拠もまた、ないのだ。

思いが顔に出たのであろう、鈴木は小さく溜息をついた。

「信じでませんね……」

賢治は即座に返す。

「そんなごどはありません」

鈴木を傷つけまいと思って出た言葉だったが、反応が早すぎてかえって嘘臭《うそ》かったかと賢治は反省した。

「いや……。にわかには信じがだい話です」

と言い直す。

「んでがすな……。そうだど思います」鈴木は昔話の続きを話す。

「実は、網元の家にも、わだしの実家にも、悪いごどが続きました。家族の病気や怪我《けが》、網元の所では船が転覆しましたし、わだしの実家では窯が爆発しました」

「申し訳ないが、たぶん偶然だど思いますよ」と言いつつも、賢治は薄気味悪げに妖精琥珀を見た。

「これは神秘的な代物ではなく生物の死骸です。そんなごどを起ごす力はありません」

「先生はそうお思いだべども、祖父や網元はそうは考えながったのです。すぐに、うぢは敷地に、網元は家から離れた岬の上に、社《やしろ》を建てで祀ることにしました。んだども正面を家に向けるど、もっと恐ろしいことが起ごるのでねぇべがど恐れ、どこに向けるべがど考えました」

「どこに向げだのです？」

「南西。南部さまのご城下です。あの頃は増税に次ぐ増税で、一揆《いっき》が起ごっていましたから」

「そうしたら、秋田戦争で負げた——。それも妖精琥珀の呪いだど？」

「少なぐとも祖父と網元はそう考えだようです。社の入り口を向げだ方では不幸が起こりましたが、うぢでも網元の家でも不幸は途切れました」

鈴木は言葉を切ってチラッと賢治の顔を見た。おそらく、彼の言葉を信じていない思いが賢治の表情に表れていたのだろう、鈴木は少しがっかりしたような顔になって続けた。

「祖父は『二匹の人蜻蛉が離ればなれになった時がら呪いが始まった』と思いつぎ、やっぱり二つは一緒にしておいだ方がいいと考えました。網元がら返してもらうが、こっちの人蜻蛉も網元に渡すが。相談しようと思っているうぢに、網元の所の社がら妖精琥珀は消えでしまいました」

「消えだ？　盗まれだのですね」

賢治は片眉を上げた。

「はい。岬の上は滅多に人が近寄らない所でしたが、道はありました。誰が盗《と》ったのかは分かりません。ですが少なくとも、以後、集落で不幸が続いだ家はありませんでしたから外の者の仕業でしょう。あの頃はロシアの船が沖を往《い》き来《き》していましたから、連中がもしれません。ロシア船から漕《こ》ぎ寄せた艀《はしけ》があったとか、ロシア人に盗みに入られだどか噂《うわさ》がありましたし」

「網元が恐《こわ》くなって捨ててしまったということはありませんか？　あるいは、あなたのお爺《じい》さんが妖精琥珀を取り戻そうど考えていると思い、隠したとが」

「捨てたというのは、ねぇとは言い切れません――。ただ、網元の家には以後、怪異は起ごっていないようですから、隠しているというごどはないでしょう。ともかく、〈人蜻蛉のくんのこ〉は片方だけになりました」

「網元はそれを欲しがりませんでしたか？」

賢治はクスクスと笑い「失敬」と言って咳払いをした。

「欲しいどは言いませんでした」

「それなら、手に入れたことを後悔していだのですね。だったらやっぱり、捨ててしまったのがもしれませんよ」

「真相は網元しか知りません」

鈴木は少し怒ったような口調で言う。賢治は慌てて「そうですね」と言った。

「うぢではしばらく社をほったらかしにしていました。とりあえず不幸はありませんでしたがら。けれど、日本とロシアが戦を始めた時……」

「社の入り口をロシアに向げだ？」

「はい」

「だからロシアが負げだっていうのは考えすぎですよ」

賢治は首を振った。

「はい。うぢや網元で続いた不幸も、南部家やロシアが戦に負げだのも、〈人蛸蛉のくんのこ〉のせいであるという証《あかし》はなにもありません。けれど、わだしの家族の思いは分かってくださるでしょう？」

「はい。分がります」

「ならば、これをもらってください。先生はこれが恐ろしぐないのでしょう？　んだばもらってください」

「いや、それは……」

どうやら詐欺ではなさそうだとは思ったが、賢治は訊いた。

「妖精琥珀を持っているのが嫌ならば、捨てればいいと思うのですが。樹脂ですからよく燃えます。焼いでしまうということもできますよ」

「捨てだらどんな祟りがあるか分がりません。焼ぐなんてもってのほがです」

「わだしによこせば、その祟りがわだしに降りかかるかもしれないというのに？」

賢治は薄く笑った。

「先生は信じていないんでしょう？　ならば構わないじゃねぇですか」

「それは変な理論です」

「もう、恐くてたまらねぇんですよ」

　鈴木は顔を歪めて身をよじった。

「なぜそんなに恐いんですか？　お爺さんの代の不幸どが、盛岡藩やロシアが戦に敗れたことどが、不思議なことは昔の話じゃないですか」と言って、賢治は眉をひそめて一瞬言葉を切った。

「もしかして、なにが起ごったんですか？　だがら慌てでわだしの所さ持って来た？」

「一月《ひとつき》ほど前だったでしょうか。夜、部屋の中に虫の羽音が聞こえだんです。けっこう大きな音でしたから、大きな蛾《が》でも入ってきたのがと思ってそのまんまにしてました。けれど、羽虫だばランプに寄ってくるはずなのに、いっこうに近づいて来ません。不思議に思ってランプで部屋の隅々まで照らしてみだんですが、羽虫はいませんでした」

「妖精の羽音ですか……」

「わだしもそう考えて、ゾッとしました。それがずっと続きました。何か不幸が起きる前触れじゃないがと思えできました。加えて、気味の悪い音楽も聞こえできたのです」

「音楽ですか……。どんな曲です？」

「最初にピアノの音が聞こえで、老婆のような声で外国の歌を唄うのです」

「老婆のような……」

　賢治は思い当たることがあって、壁際の棚に歩み寄る。ガラス戸がついた立派な棚で、中には音盤《レコード》がぎっしりと納められていた。

賢治はその中から一枚選び出し、机に置いた蓄音機に音盤を載せた。ゼンマイを巻き、音盤が回り出すと針をそっと置いた。

微かな、砂が流れるような音が聞こえ、ピアノの演奏が始まる。そして、掠《かす》れた声の朗唱が流れた。

「これです」

鈴木は目を見開いて言った。

「アレッサンドロ・モレスキの〈アベ マリア〉です。モレスキは去年亡くなったのですが、カストラートでした」

「カストラート？」

「教会で天使の歌声を響かせるために去勢された男性歌手です。いつまでも少年の声を保つために睾丸《こうがん》を切除するのです」

「教会がそったな野蛮なごどをするのですか？」

鈴木は顔をしかめる。

「いまはもうやっていません。モレスキは最後のカストラートでした」

「でも、なんでこの歌が聞こえだのでしょう？　近ぐに蓄音機を持っている者はいねぇはずです」

「いや。蓄音機を持っていでも、モレスキの歌はながなが聞げません。この音盤は東欧でしか発売されなかったもので、東京の業者に手配させでやっと手に入れだのです」

賢治は四年ほど前に〈便利瓦〉という、布に樹脂を染み込ませた屋根材を売って儲《もう》けを出した。その金で浮世絵や音盤を大量に買い込んだのだが、モレスキの音盤もその一枚であった。

「んだばなんでそんな歌が聞こえだのです？　普通ではあり得ねぇ何かが起ごったからでしょう？」

「ふむ……」

賢治は思わず肯《うなず》いた。しかし、鈴木の嘘という疑いは拭いきれない。『ピアノで始まる、老婆の声で唄われる歌』と言えば、わたしはそれに当てはまる音盤を見つけてかける。そこで『それです』と言えば、モレスキの歌を知らなくてもそれらしく聞こえる。

しかし、異空間の干渉ということもありえなくはない。まさか、妖精琥珀は本物で、異空間と現実世界との間に、なにか影響を与える魔力のようなものを持っているということは――。

その影響力で盛岡藩やロシアの敗北を招いた？　いや、そんなことがあるはずはない――。

賢治が考え込んでいると、「ともかく」と鈴木は話を戻す。

「友達の新井田に相談したんです。新井田は先生を紹介してくれました。その夜から、羽音も歌も消えました。これは、先生に相談せよというお告げに違いねぇど思いました。本当に持ってきてよかった！　先生は人蜻蛉が妖精だと看破しましたし、気味の悪い歌の音盤《レコード》も持っていました」

「看破したわけではないし、あの音盤は気味の悪い歌ではありません。最後のカストラートの歌声が録音されているのですから、資料としても大切なものです」

「気味が悪いなんて言ってすみません」鈴木は被せるように謝って本題に戻す。

「ですから、〈人蜻蛉のくんのこ〉は、わだしが持っているよりも、先生が持っていた方がいいど思いませんか？　それごそ、資料としても大切なものでしょう？　わだしにはとても出来ねぇこどですが、先生なら研究して、〈人蜻蛉のくんのこ〉の謎を解くこともできるでしょう。そうなれば、呪いだって消えるがもしれねぇ。絶対に、わだしが持っているよりも、先生が持っていだ方がいいんです。〈人蜻蛉のくんのこ〉は、先生の所に来ることを望んだから、羽音を止めたんですから」

鈴木はすがりつかんばかりに身を乗り出した。

賢治は唸《うな》って琥珀を見る。

ただでもらえるならば、断る理由はない。本物かどうかは、外側の琥珀を取って、妖精に見えるものを解剖すれば分かる。

　本物ならば大発見だ。偽物であったとしても、こちらの好奇心は満たせる。それに、鈴木の怯《おび》え方は芝居とは思えない。とすれば、祖父の代に手に入れたというのは本当であろうし、偽物であったなら、その時代にこれだけの物を作る技術を持っていた者がいたということになる。

　偽物だとしてもかなり精巧な、工芸品と言ってもいいほどの出来だ。製造法を解き明かすことができれば、人造宝石になにかを入れ込んだ装飾品を作れる。

　そういう物になら、父も出資してくれるかもしれない――。

「本当にお代はいらないのですか？」

　賢治は鈴木の顔を見つめながら訊いた。

「いりません」

　鈴木はきっぱりと言った。表情は動かないから嘘ではなさそうだと賢治は思った。

「ただし」鈴木は言う。

「何があってもわだしの責任にはしねでください。祟りなどねぇど仰る先生なら、その約束はできますぺ？」

　鈴木の策略に乗せられてしまったのかもしれないと思った。

　祟りなど信じてはいないが、少し恐くはあった。

　けれど、好奇心が勝った。

「分がりました。もらい受げましょう」

「よがった……」

鈴木の全身から力が抜けた。

「ただし」賢治は鈴木に倣って言う。

「今後、この妖精琥珀をわだしがどうしようと、文句は言わねでください。わだしは外側の物質を砕いでその成分を調べ、中身の〝妖精のように見えるもの〟を取りだして解剖しますからね」

「好ぎにしてください。んだども、妖精の皮が色をつけだ紙かなにかで、腹の中には綿が詰まっていて、骨は木を削ったものだったとしても――」

「あなたの責任ではない。分がっています」

賢治は強く肯いた。

「ありがとうございました」

鈴木は深々と頭を下げて、「んでば失礼いだします」と、そそくさと部屋を出る。賢治が『やっぱり返します』と言い出すのを恐れているようにも見えた。

「見送りは結構です」

鈴木は階段を下りながら振り返りもせずに言った。

賢治は肩を竦《すく》め、部屋に戻って座卓の前に座った。妖精琥珀を手に取り、じっと眺める。

本物にも見えるし、偽物にも見えた。

すぐに真偽を確かめる実験をしてみたかったが、明日は旅に出る身である。中途半端で放り出してしまうことになる。

しかし――。

旅の間、これはどうしよう。家の金庫にしまっておくか――？

だが、祟りのことが気になる。もしも、万が一、本当に祟りなどというものがあるとすれば、家に置いていくのは心配だ。なにより金庫の鍵は父が管理しているから、妖精琥珀のことをかくかくしかじかと説明しなければならない。

父とは今のところ、つかず離れずの関係である。宗教観の違いで激しく口論したこともある。賢治は熱心な法華《ほっけ》信者、父は浄土真宗《じょうどしん》の門徒であった。

トシの病がきっかけで賢治は家に帰った。農学校の教師という職にありついたが、給料のほとんどは音盤《レコード》や本の購入に充て、穀潰《ごくつぶ》しと言われないために家に下宿代と称して入れていた金も、色々と理由をつけて返してもらい、さらに借金をすることもあった。

父はきっと、親の脛《すね》をかじっているくせに、理屈ばかりこねて、一人前と認めてもらいたがる、どうしようもない息子と思っているだろう。留守の間、妖精琥珀を預かってくれと言っても、馬鹿にされて捨てろと言われるのがオチだ。

ならば、持っていかなければなるまい。

賢治は妖精琥珀を新聞紙に包み直し、黒革のトランクを開けて、底の方へ押し込んだ。

本物か偽物かは分からないが、一時《ひととき》トシに関する苦しみや悲しみを忘れることができた。そのことに後ろめたさを感じもし、久しぶりの知的興奮をありがたくも思った。

「妖精琥珀……」

賢治は呟く。途端に浮き立つような感覚が胸の中に涌《わ》き起こった。

以前読んだ本の記述――。

賢治はトランクのベルトを締めると立ち上がり、急いで階下に下りた。

灯油ランプを手に蔵に入って、ひんやりとした澱《よど》んだ空気の中、奥の棚に平置きに重ねた本の背表紙を照らす。

【琥珀の神秘】という題名を見つけ賢治はそれを引きだした。ランプの光の中に埃が舞った。

空いている棚にランプを置き、賢治は立ったまま目次を確認する。

〈昆虫を封じたる琥珀〉という章タイトルがあった。

気が急《せ》いて慌ただしくページを捲《めく》る。

世界各国で発見された虫入りの琥珀の例を挙げて、結びに『真偽のほどは分からぬが』とのただし書きの後に、妖精琥珀の短い記述があった。

『ロマノフ王朝の秘宝の中に、妖精を封じたる琥珀のあるを聞く』

たったそれだけであったが、もしかすると網元の社から盗まれた琥珀が巡り廻《めぐ》ってロシアの皇帝の手に渡ったのかもしれない――。

そう思うと、賢治の背筋に冷たいものが走る。

いや、バルト海沿岸には琥珀の産地がある。そこから産出されたものかもしれないではないか。

鈴木はこの記述を読んで、あのような話を創作した可能性もある。すぐにでもあの琥珀を壊して妖精を取り出し、解剖してみたい衝動が起こった。

その時、蔵の中に音がした。さっき部屋で聞こえた小さなプロペラのような音である。鬼蜻蜓《おにやんま》か何か、大きな蜻蛉の羽音のような音にも聞こえた。

賢治ははっとして辺りを見回した。音は、天井や壁、床、棚に反射し、奇妙な反響を伴い、それを発するものがどこにいるのか判然としなかった。

妖精の羽音――。

賢治はぞっとして、必死に音を発するものを探した。

ランプをかざしながら蔵の中を廻《まわ》るが、音はあちこちに移動して、その影さえも見つけられない。

遠くから歌声が聞こえた。

賢治は立ち止まって耳を澄ます。

途切れ途切れに聞こえるその旋律は、アレッサンドロ・モレスキの〈アベ マリア〉である。

誰かがわたしの部屋に入り込んで蓄音機を鳴らしているのか――？

いや、家の誰もそのようなことはしない。

妖精を解剖しようなどと考えたからか――？

そう考えた瞬間、音が消えた。自分が聾者《ろうしゃ》になってしまった妄想にかられ、賢治は足を踏み鳴らした。床板が音を立て、ランプの光の中に埃が舞い上がる。

わたしの無意識の悪戯《いたずら》だ――。

賢治はそう納得しようとした。

日頃、科学的、論理的に物事を考えようとしているが、〈異空間〉などという仮説も妄想する。そういうわたしの心が、鈴木の話に感応して、精神を鋭敏にしてしまったのだ。

だから、羽音や歌声が聞こえたような気がしたのだ。

明日には樺太に出かけなければならない。〝あれ〟を科学的に分析する楽しみは旅から帰ってきてからにしよう。

賢治は足早に蔵を出た。重い扉を閉めてから、ランプの灯を消した。

三

翌日の昼食後、賢治は白い麻の背広に着替えて、右手に黒革のトランク、左手にパナマ帽を持って階下に下りた。

帳場の父の政次郎《まさじろう》はちらっとこちらを見て、「気ぃつけで行ってこ」と言った。

「行ってきます」と賢治は小さな声で言って、土間に降り、明るい茶の靴を履いた。

母のイチが一緒に外に出た。

「んで、行ってきます」

賢治はイチに頭を下げ、パナマ帽を被った。

母は心配そうに賢治を見上げ、

「路銀は間に合うのが？」

と訊いた。真夏の昼間の光が、母の顔の皺《しわ》を強調していた。

「充分に持ってます」そう答えて、賢治は付け足した。

「旅の途中で、トシと出会えればと思ってます」

賢治の言葉に、イチの眉間の皺が深くなった。

「滅多なことを考えでるのでねぇべな？」

イチは賢治の袖を摑《つか》んだ。

「大丈夫です。自害など考えでね。んなことをすればトシは悲しむべ。旅の間は独りだがら、ふっとトシの気配を感じることもあるんじゃねべがど思っているだげです」

「んだが」

イチはまだ心配そうだった。

「大丈夫です。んでば十日ほどで帰りますから」

賢治は帽子を少し持ち上げて一礼すると、歩き出した。少し歩いて振り返ると、イチはまだ、〈宮澤商店〉というハイカラな書体の看板の下で賢治を見送っていた。

＊　　＊

午後二時三十一分、花巻停車場に着いた青森行きの汽車に乗り込んだ。三等車はさほど混んではおらず、賢治は車両の真ん中辺りに、向かい合わせ四席が空いている所を見つけ、小走りにそこに陣取ると、トランクの中から午前中に隣の雑貨店で買った数紙の新聞と、折り畳み式の衣紋《えもん》架けを取り出した。

着替えの間から、妖精琥珀を包んだ新聞紙が見えた。

冷静に考えれば、妖精琥珀は偽物である可能性が高いからそれほど興奮するような物でもない。偽物だとしてもとてもいい造りだ。製法が分かれば新しい飾り物の製造に繋がる可能性がある。万が一本物だったら、論文が書ける。

まぁ、偽物であっても、恥をかかないようにこっそりとしなければ――。

賢治はトランクの蓋を閉めた。

トランクを網棚に上げた時、汽笛と共に汽車が動き出した。

床の油と微かに漂う煙草《たばこ》のにおい。誰かが食べた弁当のにおいがした。乗客たちの会話がざわめきとなって聞こえた。

賢治は衣紋架けに上着を掛け、パナマと共に帽子掛けに引っかけた。そして、窓を上げて、窓際の席に座る。進行方向を向いているから景色が後ろへ流れていく。

背もたれは衝立《ついたて》のような板で座り心地は悪い。速度が上がるにつれて、窓から心地よい風が吹き込んだ。石炭を燃やす、硬質な臭いが微かにした。

花巻停車場の雑踏やホーム、客車に乗り込んでからも賢治は黒いマントの女の姿を探した。

しかし、落ち着いて考えれば、自分が大きな間違いをしていたことに気づいて苦笑した。

夏なのだから帽頭巾つきのマントなんか着ているはずはないのだ。

賢治は窓外の田園風景に目を向ける。樺太までは汽車や連絡船を乗り継いで三日の旅程である。大旅行の始まりであった。心がトシから離れ、躍り始めた。

「ここ、いいかね?」

後ろから東京風の言葉が聞こえ、男が回り込み、正面の座席を指差した。紺色の麻の鳥打ち帽。同じ色の麻の背広に開襟シャツ。金壺眼《かなつぼまなこ》で薄い唇。四十歳前後の人相の悪い男だった。くたびれた茶の革トランクを提げている。

ほかにも空いている席はあるのに。わたしは独り旅を満喫したいのだ——。

そう思ったが、断れば意地の悪い人間だと思われるだろう。

「どうぞ」

気持ちは言葉に表れ、賢治は不機嫌そうに言った。

男は網棚にトランクを載せて、向かい合った席の通路側に腰を下ろし、鳥打ち帽を丸めて上着のポケットに突っ込み、脚を組んだ。

「どこまで？」

男は訊《たず》ねたが、賢治は新聞を読んでいて聞き損ねた。しかし、自分に何か語りかけたようだと思い、新聞越しに男を見る。

「何か？」

「どこまで行くのかと訊いたんだ」

「樺太までです」

関東のイントネーションで返した。賢治は短い期間であったが、東京で暮らしたことがあったから、東京風の言葉は使えた。

「奇遇だな。わたしも樺太までだ」

男は微笑んだ。

賢治はがっかりした。せっかくの独り旅だったのに、この男はわたしを旅の道連れにしようとしている――。

「そうですか。まったく奇遇です」

賢治の笑みは引きつった。

「内藤和宏《ないとうかずひろ》」男は手を差し出した。

「横浜で貿易商をしている」

賢治は渋々内藤の手を握る。大きくてゴツゴツした手だった。

「宮澤賢治です。農学校の教師をしています……。船にしなかったのですか？」

「なに？」

内藤は眉をひそめた。

「旅行の手段です。なぜ横浜から樺太行きの船に乗らなかったのかと思いまして」

「ああ。そういうことか。あちこちに得意先があるもんでね。顔を出しながら樺太に向かうのさ」

「花巻にも得意先があったんですか？」

「ああ」と肯いて、内藤は大きな雑貨店の名を言った。

賢治は期待を込めて訊いた。盛岡にも得意先があれば、途中下車をするだろう。我慢は盛岡までとなる。

「盛岡には？」

「ないよ。得意先はない」

その返事に賢治はがっかりした。

「県庁所在地ですよ」

と思わず言ってしまった。

「だからだよ。すでに大手が入っていて、おれのような中小の業者が入り込む隙間がなかったんだよ」

内藤の言い分はもっともなような気がした。

「そうですか。失礼なことを言いました」

賢治は言って新聞に目を向けた。

迷惑そうな気配を感じ取ったのか、それ以上話しかけようとはしなかったが――。

内藤はポケットから煙草を出して吸い始めた。賢治は喫煙者ではなかったが、たまに友人からもらって悪戯をすることがあったから、煙はたいして気にしなかった。けれど、内藤が吸っているのはトルコ煙草で、強い臭いの煙が、風下になる賢治の方へ流れてきて辟易《へきえき》した。

賢治が一紙読み終えて新聞を畳むと、それを見計らったように内藤が口を開いた。

「学校の先生がなぜ樺太へ？　夏休みの旅行か？」

「いえ。来年卒業する生徒の就職を頼みに行くんです」

「樺太くんだりまでかい。そりゃあご苦労さんだな」

「生徒の将来がかかっていますから」

賢治が二紙目を開くと、内藤は話しかけるのをやめた。遠慮を知っているようなので、賢治は安心した。

目は活字を追っていたが、頭の中に離れかけていたトシの面影が戻ってきた。

トシは本当にかわいい妹だった。

トシのほかに、清六《せいろく》、シゲ、クニもいる。いずれもかわいい妹弟だ。しかし、わたしを一番理解してくれるトシと過ごす時間の方が多かった。

トシは花巻高等女学校を首席で卒業し、東京の大学に進学した。四年生の途中で体を壊して花巻に戻ってきたが、成績優秀であったから、卒業を許された。わたしよりもずっと頭が良く、自慢の妹だった――。

卒業論文の相談でやりとりした書簡。

保養のために訪れた温泉宿で、わたしの汚い字で書かれた短歌を流れるような文字で清書してくれた。

病床のトシに農学校での出来事を多少の脚色をして面白おかしく語ると、コロコロとよく笑った――。

トシが大学の創立者の教えから信じるに至った〈死後の魂の存在〉に関する議論。トシと過ごした日々は輝いていた。

トシがあれほど信じていた死後の魂。トシはきっと、まだ空のどこかを飛んでいるに違いない。

レールの繋ぎ目を車輪が踏むリズムが、催眠術のように効いて、賢治の中のトシはしだいに現実感を帯びてゆく。しかし、時折襲う、予期しない横揺れがその夢想を途切れさせた。そして、トシを過去形にしてしまっている自分に青くなった。

賢治は、我に返るそのたびに、トランクの中の妖精琥珀を思い出す。見たときは衝撃だったが、偽物であるという思いが強くなっていて、意識の優先順位は低くなっていたのだった。

盛岡停車場で夕食用の弁当を買った。青森まで行くのであろう乗客たちのほとんどがホームで弁当売りを捕まえていた。

田畑や森林の中を通っていたかと思うと、疎《まば》らな集落が現れ、家の密度が増していき、列車は停車場に停《と》まる。鉄橋を渡るたび、川は右になったり左になったり、遠ざかったり近づいたりする。

景色は変わって行くが、奥羽《おうう》の山並みはオシロスコープの波形のように緩やかな曲線の変化を見せながらいつまでも西にあった。

やがて陽《ひ》が西に傾き、強い日差しが窓から差し込んで来たので、賢治は内藤に断って窓の鎧戸《よろいど》を降ろした。

斜めの光の平行線に照らされて、内藤は煙草を吸いつけた。光の線の中で煙は奇妙に踊った。

「先生は面白いか？」

内藤は燐寸《マッチ》の火を振って消し、床に捨てた。

「面白いです。けれど、本当は実業の方をしてみたいのです」

賢治は新聞を手に取りながら言った。

「そうか。音楽は好きか？」

「音楽、ですか？」

なぜ唐突にそんなことを訊くのか不思議に思い、賢治は小首を傾げる。

「新聞を読んでいる間、ずっと鼻歌を唄っていたからさ」

「わたしがですか？」

「ああ」

「気がつきませんでした」

「〈アベ ベルム〉〈ピエ イエス〉〈プレガーレ〉なんか唄ってたな。賛美歌ばかりだ。あんた、クリスチャンか？」

「いえ。法華の信者です——。内藤さんは賛美歌に詳しいんですね」

「賛美歌に詳しいってわけじゃない。うちの商品の中には音盤《レコード》もあるからな。ある程度知っておかなきゃ商売にならない」

「鼻歌、うるさかったですか？」

「いや。御題目をとなえられるよりはずっといい」

「……すみませんでした」

法華経《ほけきょう》を馬鹿にされたような気がして、賢治は少し不愉快になった。

「おれは不信心者でね。神や仏がいるんなら、なぜこの世を悲惨なままにしておくのかって思う」

「それは——」

と、反論しようとした賢治を、内藤は手で制した。

「それぞれの宗教なりに言い訳があることは知っている。話しても平行線だから、もうこの話題はやめよう」

「はい」

賢治は乱暴に新聞を広げた。苛立《いらだ》ちをおさめようと記事に目を落とすが、別のことが気になった。自分が唄っていたという鼻歌である。

〈アベ　ベルム〉〈ピエ　イエス〉〈プレガーレ〉。内藤が言っていた曲名は、確かモレスキの音盤に入っていたように思う。

妖精琥珀が唄わせているのか――？

賢治は、網棚のトランクをちらりと見た。異様な気配が漂ってくるわけでもなく、列車の揺れに合わせて動いているばかり。

トシの死を悼む気持ちが、賛美歌の鼻歌を唄わせたのだ。曲がモレスキの音盤に収録されていたものばかりだったのは、昨日の鈴木とのやりとりに、かのカストラートの名が出てきたから。

ほら、論理的に説明できる。神秘的な何かの力が作用しているわけではない――。

鎧戸のスリットからの光が、落日と共に移動し、やがて柔らかなオレンジに変わった。

内藤が立ち上がり、鎧戸を上げた。

賢治は新聞から目を離し、窓外へ向けた。

茜《あかね》色の空の下、くっきりとした藍色の山並みがあり、その下にぼんやりとした森、田圃《たんぼ》、畑、家々が見えていた。たいていが茅葺《かやぶ》き。残照を反射する瓦屋根は数えるくらいである。家路を辿《たど》る農夫の姿が点景となっていた。時折、刈った夏草の甘い香が風に乗って車内に入り込む。

ほとんどの家から白い煙が立ち上っている。夕餉《ゆうげ》の支度をする竈《かまど》の煙だ。窓には明かりが灯《とも》っている。電信柱も立っているので電気を取り入れている家もあろうが、大多数が薄暗い石油ランプの明かりである。

蜩《ひぐらし》の声が近づき、遠ざかる。

客車内の照明が灯った。壁や梁《はり》、椅子の縁の、何度も塗り直してデコボコになった飴色のニスが、丸いシェードの電灯の明かりに照らされてテカテカ光っている。

弁当の包装紙を開く音があちこちから聞こえた。賢治は新聞を置いて、網棚から弁当を取った。それを見て、内藤も脇に置いた弁当を取り上げた。

気温が高いので飯やおかずが傷んでいないか心配で、賢治は経木《きょうぎ》の蓋を開けるとにおいを嗅いだ。酸っぱい臭いはしなかった。

賢治と内藤は黙々と弁当を食べた。

「生徒の就職を頼んだら、すぐに帰るのか？」

箸を動かしながら内藤が訊く。

「日本の北辺を少し歩いてから帰ります」

「誰かを亡くしたのか？」

「は？」

唐突な問いに、賢治は顔を上げる。

「いや。さっき賛美歌を唄っていたろう。それに傷心の者は北を目指すものだ」

内藤はちらりと賢治に目を向けて、最後の飯を口に運び、弁当の空き箱を紙紐《かみひも》で結ぶ。そしてそれを座席の下に押し込んだ。

「亡くしたのは確かですが、樺太行きはあくまでも仕事です」

「親か？」

内藤にそんなことを答える義理もないが、これから樺太まで一緒に行かなければならないのだから、あまり素っ気なくもしていられないと賢治は思った。

「妹です」

「そうか。気の毒だったな。自分より年下の者が死ぬのは、心にこたえる」

「経験があるのですか？」

「使用人がな。何人か事故で……」

それ以上語りたくなさそうな表情だったので、賢治は「そうですか」とだけ言った。

空は茜から藍色に変わり、星々の数が増えて、漆黒へ変じた。

あちこちの席から寝息が聞こえ出す。乗客の中には床に新聞を敷いて横になる者もいた。酒の匂いもしたが、話し声は控えめだった。

一戸《いちのへ》、三戸《さんのへ》の停車場を過ぎ、尻内《しりうち》の停車場で何人かが乗り込んできた。前の出入り口が開き、右手に杖《つえ》、左手に小さな旅行鞄を持った女が乗ってきた。丸い黒眼鏡《くろめがね》をかけている。夜なのに黒眼鏡をかけ、杖をついているところをみると、盲目らしい。

白い麻のスカートに同色の襟無しの上着。白い帽子。面長の整った顔立ちをしていた。歳《とし》は二十歳《はたち》を少し出たくらいだろうか。

女が歩き出した時に汽車が動き出し、客車は大きく揺れたが、女はよろけることもなく真っ直《ます》ぐ歩いてきた。

「内藤さん」

女は内藤の席の少し後ろに立ち、声をかけた。顔は前を向いたままである。

盲目の女が、なぜそこに内藤が座っているのを知ったのか――。

賢治は眉をひそめ、女を見つめた。

「おお」内藤は女を振り返る。

「もう尻内を過ぎたか」

内藤は、尻内でこの女が乗ってくるのを知っていた様子だった。

女は顔を賢治の横の席に向けた。次に内藤の横の席に向き「失礼します」と言いながら、網棚に旅行鞄を載せる。そして、内藤の横、賢治の向かいの窓際の席に座った。女から伽羅《きやら》かなにかの甘くいい匂いがした。

遠くからは黒眼鏡に見えたが、レンズは濃い青色で、わずかに女の目元が見えた。

今の様子を見ると目は見えているようだ。では、色眼鏡は伊達《だて》か――?

そう思って覗《のぞ》き見ていると、女は賢治に顔を向けて、

「篠原《しのはら》マチ子《こ》と申します」

と慇懃《いんぎん》に頭を下げた。

「あ、ああ……。宮澤賢治といいます」

賢治はぎこちなく頭を下げる。

「何か知らせは?」

内藤が訊く。

「すでに樺太へ入っているようよ」

内藤はマチ子より年上のようなのに、賢治に名乗った時より砕けた口調だった。

「思ったより早かったな。十日前はハバロフスクだった」

「人数も増えている」

「何人だ?」

「百人前後」

「なら、こっちの方が多い」

賢治は新聞を読むふりをしていたが、耳はしっかりと二人の会話を聞いていた。

「ロシアの方は?」

「相変わらずよ。完全にこっちに任せるつもりのようね」

「まぁ向こうにとっちゃ、ネヴァ川でけりがついた案件だ。最初は糞《くそ》みたいな仕事を回しやがってと思ったが、面白くなってきたじゃないか」

「汚い言葉はお慎みなさいな」

マチ子はちらりと賢治に顔を向けた。

「おお、これは失敬」

内藤は新聞で顔を隠している賢治に向かって、にやりと笑った。

二人はなんの話をしている――？

なんとなく危険な臭いがするやりとりだった。それを聞いたこっちにも厄介事が降りかかって来るかもしれない。

「あの……。お仕事の話でしたら、わたしは別の席に移りますが」

賢治は新聞を畳みながら言う。

マチ子がクスッと笑う。

「いやいや」内藤が言う。

「それにはおよばん。仕事の話はもう終わった」

席を移りたいのはそういう理由ばかりではなかった。マチ子が賢治の前に座っているので、膝が触れそうなのである。それが気詰まりだった。

しかし無理に席を替えようとすれば、話を盗み聞きしていたとしてなにかされるかもしれない。

「そうですか」

賢治は言って新聞を広げる。手が震えないように、指に力を入れた。内藤が来たところで席を替えておくべきだったと賢治は後悔した。

四

八月一日の午前零時半。青森から函館《はこだて》へ向かう連絡船は離岸した。賢治が乗ってきた列車の乗客の多くがその船に乗った。

およそ四時間、賢治は大部屋の二等船室で仮眠をとった。内藤とマチ子も近くで横になっていた。

午前五時、函館に上陸し、札幌《さっぽろ》行きの急行に乗り込んだ。すでに空は明るく、寝不足の目に眩《まぶ》しかった。

賢治は停車場の構内でさりげなく内藤とマチ子から離れて、二人に見つからないように身を小さくして座席に座った。乗車時に見つからなければ彼らは別の席に座るだろうと考えたのだ。帽子や上着を掛けておけば外から見つけられるだろうと思い、そのまま座席に横になったのだった。

その作戦が功を奏したか、汽車が動き出すまで、二人は現れなかった。

賢治はホッとして立ち上がり、上着と帽子を脱いで帽子掛けに引っかける。座席は七割ほど埋まっていた。

その時、隣の車両の出入り口が開いて、内藤とマチ子が入ってきた。賢治は隠れようと思ったが、内藤と目が合った。

内藤はにこやかに笑って、新聞紙に包まれた四角い物を頭の上で軽く振った。

賢治は座り込んで背もたれに体を預け、深い溜息をついた。考えてみれば、行く先は同じなのだ。乗る列車も同じ。難なく見つけてしまうのは当たり前だ——。

「ほれ、弁当だ」

内藤が四角い新聞紙包みを賢治の膝の上に放り、向かい合う座席にドサリと腰を下ろした。その隣にマチ子が静かに座る。赤い口紅の唇が笑みの形に曲がった。

「ご迷惑だったかしら」

「いえ。けっしてそのようなことは」賢治は逆の意味を込めて乱暴に言った。

「でも、なぜです？　もう東北本線でお分かりでしょうが、わたしはいい旅の供ではありませんよ」

「そうでもないさ」内藤は煙草を吸いつけた。

「おれは結構楽しかった」

「わたしはそうでもありません」

賢治は勇気を奮い起こして言った。

「まぁ、そう言うなよ。おれたちをまくために弁当を買いそびれたろう？　仲良くやろうっていう贈り物だ」

「札幌まで六時間半。お腹《なか》が空《す》きますわよ。召し上がれ」

マチ子は長いエボナイトのホルダーを出して、煙草を差し、燐寸で火をつけた。

賢治はぶすっとした顔で弁当を受け取った。

内藤とマチ子も煙草の吸い殻を床で踏み消すと、弁当を開いた。

正面の内藤がすっと賢治の斜め上に視線を動かした。

賢治が振り返ると、野暮ったい背広を着た、風采の上がらない男が立っていた。

「向こうから電報が来た。こっち側に先発隊を出したようだ」

男が早口で言った。その目は内藤を向いているので彼に向かって言っているのだと賢治は思った。

「どうやって見つけるつもりだ？」

内藤が問う。

「インターリ　クローン」

賢治には意味の分からない言葉で男が答えた。

「ぶら下げているのか」

「結構な力があるからね」マチ子が言う。

「ここにいてもビリビリ来るくらい」

「そうか。おれはなにも感じないが」

内藤は鼻で笑う。

賢治は食べ終えた弁当の殻を椅子の下に置く。

ますます聞いてはならないことを耳にしている気になった。内藤とマチ子が自分につっついてくるのは、まずいことを聞かれたからではないか？　だから、警察に駆け込まれないように見張っているのだ――。

賢治はきつく目をつむる。最終的に、自分はどうなるのだろうと思うと、背中が寒くなった。

「五人ほどこっちに回ってきている。今、札幌だ」

「そうか。では気をつけよう」

内藤が答えると、男が去る足音が聞こえた。

「あなたたちと行動していれば、気をつけなければならないことに巻き込まれるのですか？」

賢治は小声で早口に言った。

「なんだ聞いていたのか」

内藤がとぼけた口調で言う。

「嫌でも聞こえますよ。もし巻き込まれるなら、わたしは別行動をします」

賢治は網棚から黒革のトランクを降ろし、帽子と上着を取ると小脇に挟んで通路に出た。そして、隣の客車に向かう。

車両の真ん中辺りまで歩いた時、横からにゅっと何かが突き出された。つまずきそうになって、賢治は踏鞴《たたら》を踏んで立ち止まった。

行く手を塞いだものは脚だった。

鳥打ち帽を被って寝ている様子の男が「そうはいかないんだよ」と小声で言った。

「戻りな、若造」

男は上目遣いに賢治を睨《ね》めつけた。

内藤の一味か、こういう奴《やつ》はあと何人いる——？

座席で雑談をする者、うたた寝する者、酒をちびちび啜《すす》っている者。誰が内藤の仲間であるのか見当がつかなかった。

賢治は一度身震いすると一歩後ずさり、さっと踵《きびす》を返すと内藤たちの席に戻った。

「どういうつもりです？　わたしをどうするつもりです？」

賢治は通路に立ったまま、震える声で言った。

「どうするつもりもないよ。どうにかされそうなのを守ってやってるんだ」

内藤は肘掛けに身を預けながら賢治を見上げ、「いいから座ってろ」と、顎で前の座席を差した。

賢治は渋々、網棚にトランクを戻し、帽子と上着をかけて、席に座った。

汽車は函館平野の中を走っていたが、やがて左手に小沼《こぬま》の水面が見えた。すぐに右に大沼《おおぬま》と渡島富士《おしまふじ》の山容が現れた。

しばらく進むと、右手に噴火湾が広がった。穏やかな海面に陽光が光っていた。

長い間、賢治も内藤も、マチ子も黙ったまま揺れていた。

「訳が分かりません」賢治はたまりかねて言った。

「あなたは誰かからわたしを守ってやっているというようなことを言いましたが、その誰かはなんでわたしを狙っているんですか？」

「〈フェーヤ　インターリ〉だよ」

「何ですって？」

賢治は耳慣れない言葉をよく聞き取れず、眉をひそめた。

「〈フェーヤ　インターリ〉って言ったんだ。妖精が閉じ込められている琥珀だよ」

「えっ？」

賢治は大きい声を上げて、目を見開き、網棚のトランクを見上げた。悪寒が背中の真ん中から全身に広がった。

マチ子が「しっ」と言って口元に人差し指を立てた。

通路を挟んだ向こう側の座席に、肘掛けを枕にして寝ていた男が顔をしかめて賢治を睨《にら》み「うるせぇぞ」と言った。

賢治が「すみません」と頭を下げると、ブツブツ言いながらまた目を閉じた。

「そんなものある訳ないと、糞みてぇな仕事を割り振られたと思ったんだがね。マチ子とか、ほかの連中がいやに真剣だし、上からも調べろとせっつかれたから渋々、岩手くんだりまでやって来たんだ」

「なんで妖精琥珀のことを知ってるんです？　あっ、網元から盗んだのはあなたたちですか？」

「違う」内藤は面倒くさそうに顔の前で手を振った。

「実物を見てれば、もう少し気合いを入れて仕事をしてたさ。それを盗んだのはロシア人だよ。おそらくそういうことを鈴木三郎から聞いたろう」

「鈴木さんのことも知っているんですか……。あなたたちは何者です？」

「お国の仕事をしている。それ以上は知ろうと思うな」内藤の目がギラリと光った。

「事が終われば、お前はすべて忘れて普通の生活に戻る。いらぬ詮索をしたり、へたな動きをしたりせず、おれたちの言うようにしていれば、生きて花巻へ帰れる」

「もしあなたたちの敵が妖精琥珀を狙っているなら、差し上げますから持っていってください。それが一番簡単でしょう」

賢治は言う。一刻も早くこの厄介事から離れたかった。

「ところがそうもいかないのよ」

マチ子が言う。先ほどまでの賢治に対する上品な言葉遣いは影を潜めていた。

「〈フェーヤ　インターリ〉……、妖精琥珀は、来るべくしてあんたの所へ来たのよ。向こうもそれを知っている。あたしたちの手に渡ったと知れば、向こうは警戒する。あんたが持っているのが一番面倒がないのよ」

「そのフェーヤなんとかって、ロシア語ですか？」

「そう。フェーヤが妖精。インターリが琥珀」

「さっき言っていたインターリなんとかは？」

「〈インターリ　クローン〉、琥珀の首飾りっていう意味。敵の別働隊が琥珀の首飾りを下げてこっちに向かっているのよ」

「なぜ？」

「勘が悪いわね」マチ子は眉根を寄せた。

「首飾りの琥珀は向こうの〈妖精琥珀《フェーヤ　インターリ》〉の一部を細かく砕いたもの。こっちの〈妖精琥珀〉に感応するのよ。近づけばそれと分かる印が現れるの」

「どんな？」

「分かるわけないでしょ。実際にそういう場面に出遇《であ》っていないんだから」

「じゃあなんで印が現れるって分かるんです？」

「そういうことでもない限り」内藤が言う。

「連中がわざわざ大事な琥珀の欠片《かけら》を首飾りにして別働隊に渡すことはないって読みだ」

「当てずっぽうですか」

「経験則と言って欲しいわね」

マチ子が唇を歪めた。

「つまり、あなたたちは神秘主義的なことを理念に仕事をしているのですね？」

賢治は胡散《うさん》臭そうに内藤とマチ子を見る。

「あんただって、法華経に傾倒してるくせに」

マチ子は嘲るように言う。

「法華経と神秘主義を同列に語らないでください」

「確かにね。法華経は遥《はる》か昔からの伝聞にすぎないけど、神秘主義は現在進行の事象を元にした経験則の体系なの。どちらが実用的かは言わなくても分かるでしょ」

「経験則の体系なんて大仰なことを言ってますけど、結局、再現性がないから学問として認められないじゃないですか。千里眼《せんりがん》研究の福来友吉《ふくらいともきち》博士なんか、帝国大学を放逐されました」

福来友吉はかつて、東京帝国大学の助教授で、心理学、超心理学の研究者であった。千里眼や念写の実験を行ったが、多くの学者の賛意を得られる実験結果を出せず、大学を去ることとなった。この時代は真言《しんごん》宗立宣真《せんしん》高等女学校校長を務めていた。

福来の研究を否定するようなことを言ったが、異空間の存在を考えれば、千里眼もあり得ないことはないと賢治は思っていた。異空間は再現性を求める科学では説明できないものであって、文学こそがその本質に迫れるものではないかと考えている。

「世間から否定された方が都合のいい奴らもいるのよ。誰も真剣になって研究している奴がいるなんて考えないからね」

マチ子が言うと、内藤がマチ子の太股《ふともも》を叩《たた》いた。マチ子は内藤に向かって歯を剝《む》き「分かったわよ」と吐き捨て、賢治に顔を向ける。

「学問として認められることになんの意味があるの？　実際に役に立っているんだから、なにも問題はないわ」

つまりは、福来友吉博士が行ったような研究を続けている者たちがいるということか――。賢治は思った。

それは軍かなにかの中の組織で、マチ子はその研究対象、いや、科学的に証明されてはいないが実際に役立つ力を持っているということで、作戦に投入されているのか――。

「そういう話は平行線を辿るだけだ。聞いているのも面倒臭い」内藤が顔をしかめる。

「お前は誰が何のために〈妖精琥珀《フェーヤインターリ》〉を狙っているのかを知りたいんだろ？」

「ええ」

マチ子を論破できなかったことは不満だったが、確かに一番知りたいのは内藤が言ったことだった。

「厄介なことに巻き込まれたんなら、詳しく知っておきたいです」

「ラスプーチンって知っているか？」

聞き覚えのある名前だった。頭の中からその名前の記憶を引っ張り出す。

「ロシアを牛耳ってた祈禱《きとう》師でしたね。でも、六、七年前に暗殺されたって新聞かなんかで読んだように思いますが」

グレゴリー・ラスプーチンはシベリアの寒村出身の祈禱僧である。無学な男であり、正式な神学の教養はなかったが、不思議な力で病を癒すことで〈神の人〉と呼ばれ、有名になった。

世界的に神秘主義が流行していた時代である。特にロシアの貴族らには傾倒する者も多く、ラスプーチンはすぐに皇帝ニコライ二世に謁見することとなった。

その後、皇太子アレクセイの血友病を治療したことにより、皇帝の絶大な信頼を得たラスプーチンは宮廷内の人々にも強い影響を与えて行く。当然、彼を疎ましく思う者、妬ましく思う者も増えていった。貴婦人らとの淫らな関係も広く噂された。

第一次世界大戦が起こると、ニコライ二世は前戦に赴く。以前からあった皇后アレクサンドラとラスプーチンは愛人関係にあるという噂が再燃する。二人はドイツのスパイであるという話も流れた。貴族や議員らにラスプーチンを排斥するべしという気運が高まって行く。

「ラスプーチンがユスポフ公、ドミトリー大公によって暗殺されたのは大正五年（一九一六）十二月十七日だ。だが、それからすぐに、ラスプーチンの目撃情報が相次いだ」

「いやいや」

賢治は首を振った。新聞であったか雑誌であったか、ラスプーチンの最期について読んだ記憶が蘇ったからだった。

「青酸カリを盛られ、それでも死ななかったので拳銃で散々に撃たれ、死体は凍った川に沈められ、翌日発見された――。生きているはずはありません」

「ラスプーチンの面相を知っているか？」

「確か、長髪に長い髭を生やしていたとか」

「顔の半分は髭で隠れている。加えて顔の右側は骨が砕けていた。別人であっても分かるまい」

「乱暴な」

賢治は首を振る。

「青酸カリを盛られても、ピストルで撃たれても死ななかったんだ。川に捨てられたときにまだ生きていて、彼の信者に助けられ、死体は替え玉だったとも考えられる」

「青酸カリは空気中に長く放置すれば無毒となりますが、拳銃で撃たれたらひとたまりもありません」

「ラスプーチンは大正三年（一九一四）に凶漢に腹を刺されている。それでも反撃して敵を倒した。奴は不死身なんだよ」

「不死身なんてあり得ません」

「奴は明治三十八年（一九〇五）十一月に、皇太子アレクセイの血友病を治療した礼として〈妖精琥珀《フェーヤ インターリ》〉を下賜された。ラスプーチンと深い関係だったと噂される皇后アレクサンドラがこっそり渡したって話もある」

「網元から盗まれた妖精琥珀は、ロシア皇帝が持っていたんですか」

賢治は目を見開いて言った。

「驚くことはあるまい。網元の所から盗んだのは、おそらくロシア海軍の兵士だ。沖の軍艦から艀で漕ぎ寄せ、金目の物がないかと祠《ほこら》を開けてみたら大当たり。〈妖精琥珀〉

を見つけた。出世したくて上官におべっかをつかい、その上官も提督あたりにおべっかをつかい、巡り廻って皇帝の手に渡るってのは、まぁありがちな展開だろうよ。ラスプーチンは〈妖精琥珀《フェーヤインターリ》〉の力によって、毒を無力化し、撃たれた傷もたちまち治ってしまう恐ろしいほどの回復力を手にしたんだ」

「だけど、ロシアにも琥珀の産地はありますよ。そこから見つかった妖精琥珀かもしれないじゃないですか」

「妖精が入った琥珀なんて珍しい物が、日本とロシアで見つかっていたって考えるより、奪われた〈妖精琥珀〉の片割れがロシアに流れたって考える方が合理的だろう」

「皇帝が妖精琥珀を持っていたのはいいとして……。あなたは、妖精琥珀の力がラスプーチンを不死身にしたと本気で考えてるんですか？」

「おれが言ってるんじゃない。上が言ってるんだ。だが、今はおれもそれを信じている」内藤は煙草を吸いつける。

「日露戦争の勝利の後、日本はかの地に大勢の密偵を放っている。その網に、色々な話が引っ掛かってきた。それらを総合すると、ラスプーチンは、琥珀の塊を首からぶら下げ、数人の男たちと共に街道を東に進んでいるというものだった」

「その情報が正しいとして、なぜあなた方はラスプーチンがわたしの持っている妖精琥珀を狙っていると判断したんですか？」

「〈妖精琥珀〉はラスプーチンを不死身にする力を持っている。それ以外の力も持っているんだろう。それがもう一つあると知れば、手に入れたくなるのは当然だろう」

もし内藤の話が本当なら、妖精琥珀は異空間から何らかのエネルギーを吸い出すことができるのかもしれないと賢治は思った。それがラスプーチンを不死身にした——。

しかし、内藤が言うことをそのまま受け入れるのは癪《しゃく》に障った。

「そんなことをするより、皇帝に暗殺の件を訴えた方が話が早いんじゃないですか?」

「皇帝を操る立場だけで満足するならな。もう一つの〈妖精琥珀〉があればそれ以上のものが手に入ると判断したんだろうよ。世界の王にでもなろうとしているのかもな」

「誇大妄想だ」

賢治は苦笑したが、異空間から得られるエネルギーが無尽蔵であると仮定すればできないことではないとも思った。

「国の上に立とうとする奴らはみんなそんなもんだよ」

内藤は言う。

「あれにそんな力があるなんて、わたしは感じませんでした」

実際、その通りだったから、口に出した途端、少し前までの興奮が少し冷めた。

目に見えないもの、体で感じられないものは信じがたい。論理的に理解することと、体感的に信じることは違う——。

「木偶《でく》の坊《ぼう》には感じないのよ」マチ子は嘲るような薄笑いを浮かべた。

「だから〈妖精琥珀《フェーヤ インターリ》〉はあんたを選んだんじゃないかな」

「木偶の坊だなんて、失敬な」賢治は鼻の穴を膨らませる。

「でも、妖精琥珀はわたしに何をさせようとしているんでしょう？」

好奇心が、とんでもないことに巻き込まれてしまったという恐怖や不安を押しのけた。

「どう思う？」

マチ子は青いレンズの奥の、光を失った目を賢治に向ける。なにか挑むような表情だった。

こっちの頭を試しているのか。負けるのは面白くない——。

「鈴木さんは……」賢治は腕組みをする。

「妖精琥珀が二つに割れて、網元の所と鈴木さんの家に置かれるようになってから不幸が続いたって言ってました。もしかするとそれは、もう一度一つにしろという、妖精たちのアピールだったんじゃないでしょうか？」

「それで？」

「鈴木さんはわたしに会うように仕向けられて……」

そこまで言って、賢治は青くなった。

「ラスプーチンも操られていたんでしょうか。ロシアにある妖精琥珀と日本にある妖精琥珀が出会うためには、どちらかが、あるいは両方が国を出なければならない。ラスプーチンは国にいられなくなるようなことをしでかし、暗殺された。そうなればもう、ロシアにはいられない。妖精琥珀は自分の目的のために、人の人生まで狂わせるのでしょうか……」

賢治はチラリと網棚のトランクを見上げる。

「見ますか？」

賢治が訊くと、内藤とマチ子の表情が固くなった。

恐がっているんだ――。

賢治は二人の弱点を見つけた気がして嬉《うれ》しくなった。意地悪な微笑《ほほえみ》を浮かべて、立ち上がりトランクに手をかけた。

「見なくてもいい」

内藤が言った。

「ご遠慮なく」

賢治はトランクを取って膝の上に置き、蓋を開けた。マチ子が仰《の》け反《ぞ》るような動きを見せた。気のようなものがトランクの中から漂いだしたようだ。

賢治は新聞紙の包みを取り出す。

「便所に行ってくる」

内藤は立ち上がった。

「恐いんでしょう？」

賢治は優位に立つべく、鋭く言った。

「恐いわけじゃない。おれまでそいつに引っ張られたら、任務を遂行できなくなるからな」

強がりなのか本音なのか、内藤はそう言うと出入り口の方へ歩いて行った。

「あなたはどうします？　見ませんか？」

賢治はマチ子の方へ新聞紙の包みを向ける。

「あたしは目が見えないわ」

マチ子は引きつったような笑みを見せる。

「ああ、失礼しました。でも、あなたは霊感があるようじゃないですか。イタコかなにかでしょう？　目が見えないって言いましたけど、会った時からまるで目が見えるような行動をしてる。心眼で見えてるんじゃないですか？」

一瞬、マチ子は唇を真一文字にして、思い切ったように新聞紙の包みをひったくる。

マチ子は体を硬直させた。浅く速い息を十回ほどして、震える指で新聞紙を開く。照明を反射して、妖精琥珀はテカテカ光った。琥珀を透かした光が、新聞紙に黄色い光を落とす。マチ子の指が琥珀の表面を撫でる。

「軍が欲しがるはずね……」

　小さく掠れた声だったが、賢治は聞き逃さなかった。

「軍が関わっているんですか？」

「こんな禍々《まがまが》しい物を欲しがるのは軍くらいのものよ」

　マチ子は妖精琥珀を新聞紙で包み、賢治に返す。

　賢治は妖精琥珀と異空間についての考察を話してみたい衝動に駆られたが、口には出さなかった。それを言うことは、妖精琥珀の持つ不可思議な力を認めてしまうことになるし、内藤やマチ子の手下に成り下がってしまいそうだと感じたのだった。

「トランクじゃなく、ポケットに入れておきなさい」

「不用心ですよ」

　賢治は包みを受け取り、トランクの蓋を開けた。

「ラスプーチンは額を撃ち抜かれても生きていた。これにはそういう力があるの」

「つまり、撃たれても死なないようにするために、ポケットへ入れておけと？　これからそういうことが起こるんですか？」

「あたしたちが守っても、流れ弾《だま》はどこから飛んでくるか分からないからね」

　賢治は半信半疑といった風を装い、肩を竦めて無造作に妖精琥珀の包みをシャツの胸ポケットに突っ込んだ。

「不格好ですね」

賢治は唇を歪めて無様に膨らんだポケットを叩く。しかし内心、格好よりも命の方が大切だと心の中で呟いた。

便所から帰ってきた内藤は「少し眠っておけ」と言って椅子に座り、腕組みをして目を閉じた。

「訊きたいことがまだあります」

と賢治は言ったが内藤は、

「樺太はまだまだ遠い。時間はある」

と目を閉じたまま言った。

マチ子は俯《うつむ》き、賢治は背もたれに頭を預けた。

しかし、頭が冴《さ》えて寝られそうになかった。

窓外にはまだ噴火湾が見えていた。漁舟が何艘《そう》も浮かんでいる。

賢治は妖精琥珀のことを考えようとしたが、内藤やマチ子から聞いた話が堂々巡りするだけだった。情報がまだ足りない。

だったら考えてもしかたがない――。

賢治は帽子掛けの上着の内ポケットから手帳と繰り出し式鉛筆を取り、青森からここまでの情景を思い出しながら、詩の草稿を書きつけた。

五

昼過ぎ、汽車は札幌停車場に到着した。旭川《あさひかわ》行きの汽車が出るのは夜である。

まず昼飯を食おうということで、賢治たちは停車場に荷物を預けて街に出た。

花巻や盛岡にも西洋風の建物が増えていたが、札幌には及ばなかった。なにより路面電車があるのが賢治には都会的に感じられた。鉄道馬車ではなく、電気で動く車両である。形こそ花巻の町から温泉街に走る軽便《けいべん》鉄道に似ていたが、横幅がまるで違う。

東京とは比較にならないものの、まるで欧州の街を歩いているのではないかと思える通りもあった。それでも石造り、煉瓦《れんが》造りの建物の間にはまだ古い木造の家々も建っていた。

「お前、乗り継ぎの時間をどう過ごすつもりだった？」

内藤は煙草をくわえて火を点《つ》けた。

「街をうろついたり、図書館に入ったり、音盤《レコード》屋を見たり……。夜までの時間ならば充分潰せます」賢治はハッとして内藤を見る。

「敵に狙われているんでしたっけ」

「近づいて来れば、そいつが印を現すだろうが、人混みは避けた方がいい」

内藤は賢治の胸ポケットを顎で差しながら言った。

「どんな印か分からないんでしたね。頼りないな」

「文句ばっかり言ってるんじゃない」

内藤は不機嫌そうに言って、石造りの洋食屋のガラス扉を押した。

美味《おい》しそうな匂いが漂う店内は、昼食時を過ぎていたので空いていた。内藤とマチ子は並んで座り、賢治はマチ子に向き合う椅子に腰を下ろした。

内藤は給仕にシチューとパン、コーヒーを人数分頼んだ。「かしこまりました」と言って去る給仕を賢治が呼び止め、自分はコーヒーではなくサイダーにしてくれと頼んだ。

「子供みたいなものを頼むのね」

マチ子が言う。

「高くて子供には手が届きませんよ」

賢治は答えた。

「お前、蕎麦《そば》屋では天ぷら蕎麦とサイダーを頼むらしいな」

内藤は灰皿で煙草を揉《も》み消した。

「そんなことまで調べたんですか？」

賢治は驚いた。

「音盤《レコード》だけじゃなく、助平《すけべい》な錦絵も山ほど集めていることもな」

賢治は顔を赤くしてチラリとマチ子を見る。

「恥ずかしがることないじゃないの。いい大人なんだもの」

マチ子は気配を察したのか、事も無げに言う。

賢治は照れ隠しに何か話題はないかと考えた。

「マチ子さん。妖精琥珀に感応するのって、どんな感じなんですか?」

マチ子はテーブルのコップから一口水を飲む。

「離れていれば、ただ全身の産毛が立ち上がるような、強い静電気を帯びているような感じがするの。けれど、触れた途端、物凄い寂しさが押し寄せて来たわ」

水をもう一口。

「それから、こっちの琥珀を通して向こうの持ち主が見えた」

「ラスプーチンが?」

賢治は身を乗り出して小声で訊いた。

「たぶん。長い髪と髭。金壺眼。修道僧が着るような長い服を着て、帽頭巾《フード》を被っていた。一瞬だけだったけど、気味の悪い鋭い目つきは忘れられない」

マチ子の唇が震えた。

異空間を通して、遠い場所にいるラスプーチンと交感したのだと賢治は思った。

「催眠術使いだって話もある。恐ろしい目で見られると、心を奪われるそうだ」内藤は肘でマチ子をこづく。

「お前、術に掛けられてはいないだろうな」

「まさか」

マチ子は鼻で笑った。

料理が運ばれてきて、内藤とマチ子はナイフとフォークで煮込まれた牛肉を切り、口に運んだ。

「わたしはここに妖精琥珀を入れてても、何も感じません」

賢治は残念そうに言った。思わず本音が出てハッとしたが、内藤とマチ子は何も気づいていない様子だった。

賢治は肉をよけて、野菜にフォークを刺した。

「ああ、すまなかった」内藤は肉を咀嚼《そしやく》しながら言う。

「お前は肉を食わなかったな」

「おかまいなく」

賢治は肩を竦めた。

「あなた、幽霊屋敷に住んだことある？」

マチ子はナイフを止めて言う。

「あるわけないでしょう」

「幽霊屋敷に住むとね、少しずつ少しずつ感化されていくのよ。今まで霊感のなかった者に音が聞こえるようになり、妙な臭いを嗅ぐようになり、やがて人影を見るようになり、屋敷に住む霊がゆっくり体の中に入り込んでいくの。心眼で見ると面白いわよ。頭の天辺《てっぺん》に腰まで潜り込んだ霊体が風船みたいに揺れてるのよ」

「妖精琥珀に感化されて、わたしにも色々と見えるようになると？」

「不死身と引き替えなんだからいいじゃない」

「死なないだけで傷は受けるんでしょ？　傷が治るまで死ぬような苦しみが続くのは地獄ですよ。それに、幽霊や変なものが見えるのは真っ平御免です」

言いながらふと思った。

幽霊が見えるようになるのなら、トシともう一度会えるかもしれない。そう、異空間を通して交感できる可能性は高い。

この旅でトシの魂と交感できればいいという漠然とした望みを持っていたが、それが現実のものとなるかもしれない――。

興奮が胸の中に満ちた。

「妹のことを考えているのね」

マチ子に言われて賢治はドキリとした。

「最初に会った時、あたしが席に座るのを躊躇《ためら》っていたのを覚えている？」

「覚えているような、いないような……」

「あの時、妹さんはあなたの横に座っていたのよ」

「えっ？」

まったく気がつかなかった。それが悔しく、トシの姿を見たマチ子が妬ましく、賢治の心は乱れた。

しかし、マチ子が真実を語っているとは限らない——。

嘘をついてこちらの気を引こうとしているだけかもしれない。

なんにしろ、ほんとうに自分が妖精琥珀に感化されるのなら、いずれトシに会える。

マチ子のペースに乗らないように気をつけなければ——。

「列車の中の続き、聞かせてください」

賢治は内藤に顔を向けて話題を変えた。

「どこまで話したか忘れた」内藤は肉を咀嚼《そしやく》しながら面倒くさそうに言った。

「ロシア在中の密偵たちは、完全に命を絶たれたはずなのにラスプーチンが生きているのはなぜかと考えた。そして調べてみると奴が腹を刺された事件や、暗殺の経緯などが分かった。奴が不死身ではなかろうかと思える体になったのは、〈妖精琥珀《フエーヤ・インターリ》〉を手に入れてからだ。ということは、〈妖精琥珀〉にそういう力があるのかもしれないと密偵らは考えた」

「ロシア貴族ばかりじゃなく、日本の密偵らも神秘主義に傾倒してたようですね」

賢治はナイフを内藤に向け、クルクルと回す。

「人に刃物を向けるなと教わらなかったか？」

「これは失敬」

賢治は食事を続けた。

「ラスプーチンは妖精琥珀がもう一つあるのをどうして知ったのかは調べがついているんですか？」

「〈妖精琥珀〉が教えたんじゃないのか」

「そんな神秘学的な推理じゃ駄目ですよ」

賢治は『迂闊《うかつ》にお前の話には乗らないぞ』とマチ子に知らせるために語調を強めた。

「わたしの持っている妖精琥珀は、羽根の一部が欠けています。そして、琥珀の端っこにはもう一匹の妖精のものと思われる羽根の欠片が封じられています。ラスプーチンの持っている琥珀も同じようになっているはず。ということは、来歴を知らなくても複数匹の妖精が琥珀に封じられていることに気づくはず。それがまだ土の中に埋まっているのか、誰かが持っているのかは分からないけど、それを探しに日本に向かうことを決心したんじゃないでしょうか」

「神秘学的な推理を笑うけど」マチ子が言う。

「さっき、あなたに答えた言葉を覚えている？」

「ああ。感応した時の感覚のことですか」

言って、賢治はゾッとした。

「そう。あたしはラスプーチンの顔を見た。ということは、ラスプーチンはあたしの顔も、あなたの顔も見ているのよ。これは推理なんかじゃなくて、神秘学的な事実ね」

予想していた答えだった。

ラスプーチンはこっちの顔を知っている。つまり、迷うことなく自分を襲ってくるということだ。

「次の汽車でもおれたちをまいてみるか？」

内藤がニヤニヤと笑った。

「やめておきます」

腕っ節にはまったく自信がない。いざとなれば、妖精琥珀を放り出して逃げることはできる。植物や鉱物の採集で野山を駆け回っているから足腰は強い。逃げ足には自信があるが、内藤たちに守ってもらうに越したことはない——。

食事を終えた賢治たちは洋食屋を出て街を歩き始めた。

ガタゴト音を立てて路面電車が走ってきた。幅の広い電車の鼻面が、キュッと細くなったように見えた。賢治は瞬《まばた》きをする。急に目の調子がおかしくなったのだと思い、目蓋をこする。

目を開けると、視野の周囲が黒く狭まっていた。

脳貧血だ——。

額に冷や汗を感じた。周囲の音が遠のいた。頭の中に、動輪がレールの繋ぎ目を通る音が、鉄槌《てつつい》で鉄床《かなとこ》を叩く轟音《ごうおん》となって響き渡る。

賢治は耳を塞ごうとしたが、腕が重くて上がらない。唐突に静寂が広がる。体がリズミカルに左右に動く。

黄昏《たそがれ》色の中に、花巻から温泉街に向かう軽便鉄道の車内の景色が見えた。

膝をつき合わせるようにして賢治の正面に座っているのはトシであった。絣《かすり》の着物に桜色の羽織を着ている。微笑みながら賢治に何かを話しかけている。背後の窓には田園風景が流れている。

ああ、トシ。お前はもう死んでしまったのだ。なぜそんな所に座っている——？

声が聞こえない。何を言っている——？

賢治は手を伸ばした。

これは夢か幻であろうことは分かっていたが、指を触れれば着物の布地の感触も、トシの肌の感触も分かるのではないかと思えるほどに現実感があったからだ。

幽霊でもいいから、夢でもいいから現れてくれと願っても叶《かな》わなかったことが、今、叶えられている――。

　突然、体が激しく揺れた。

　景色が暗転した。

　脱線――？

　全身がピリピリと痺《しび》れる感覚があり、正面の煉瓦の壁が間近に見えた。人の声が聞こえた。男の声だ。

「宮澤。大丈夫か？」

　ああ、内藤の声だ。今、自分は異空間にいたのか――？

　そんなことを話せば、内藤に丸め込まれるような気がした。

「大丈夫です。脳貧血です……」

　賢治は路地に座り込んでいた。内藤とマチ子が左右にしゃがみ込んでいる。

「脳貧血？　何を言ってる」

　内藤は苛々《いらいら》した声で言い、路地からそっと顔を出した。路地の外は騒がしかった。

「鉄砲だ！　鉄砲だ！」

　と誰かが叫んでいる。

「誰かが発砲したんで、路地に飛び込んだんだ」

　内藤は通りに顔を向けたまま立ち上がる。内藤は、賢治が一瞬意識を失ったことに気

づいていないようだった。しかし――、

「あんた、どこかへ跳んでたね？」

マチ子が賢治の顔を覗き込む。

「童話や詩を書いている時には跳んでますがね。今のはただの脳貧血です」

賢治は誤魔化して煉瓦壁を支えにして立ち上がった。まだ影響が残っているようで、少しふらついた。

「内藤！」

マチ子が鋭く言う。

賢治は驚いてマチ子を見る。険しい顔を路地の奥に向けている。その方向を見ると、薄暗い路地に人影が立っていた。

内藤は奥へ走る。

人影が身構える。

その後ろに、もう一つの人影が現れた。紐のようなものを前の人影の首に回す。

呻《うめ》き声が聞こえ、前の人影が喉元を押さえながら後ろに倒れ込む。後ろの人影はそのまま枝道に前の人影を引きずり込んだ。

「何が起こったんです？」

賢治は、青ざめた顔を戻ってきた内藤に向けた。

「誰かが鉄砲を撃った。おれが咄嗟《とっさ》にお前を路地に引き込むことを見越してだ。路地には敵が潜んでいて、おれたちを倒し、〈妖精琥珀《フエーヤインターリ》〉を奪うって手筈《てはず》だったんだろうよ」

内藤が言った時、路地の奥に人影が現れてこっちに小走りに向かって来た。

賢治はビクッと身を震わせて後ずさる。

「仲間だよ」

マチ子は賢治の腕を摑んだ。

「目が見えないのに分かるんですか？」

「気配だよ。気配で敵か味方かは分かる」

「ああ。さっきも気配で敵が潜んでいるのに気づいたんですか」

「そういうこと」

人影が内藤に歩み寄る。

汚れた薄茶の麻のキャスケットに腕まくりした白シャツ、黒いズボン。荷運び人足かなにかに見える男であった。

男は手の中の物を内藤に手渡す。黄褐色の光がかすかに見えた。

内藤はそれを摘《つま》み上げる。細い鎖の尖端に小指の先ほどの小さな光を発するものがついていた。

琥珀のようであったが、自ら光を放っている。

賢治はハッとして胸ポケットの紙包みを出した。包みは内側から黄褐色の光を透かしていた。

「これが印ですか……」

「そのようだな」内藤は言って、キャスケットの男に琥珀の首飾りを渡す。

「どこまで離れれば光が消えるか、ちょっと試してこい」

キャスケットの男は肯き、路地の奥へ走る。

内藤は煉瓦壁に背をもたせかけ、煙草を吸いつけた。

一本吸い終わる頃に、キャスケットの男は戻ってきた。

「三丁（約三三〇メートル）くらいです。遠ざかるにつれて、光は小さくなりました」

と、首飾りを内藤に返そうとする。

「お前が持っていろ。〈妖精琥珀〉に反応するのなら、同じ欠片にも反応するかもしれない。敵を見つけたら問答無用で倒せ。首飾りを奪って仲間に渡せ」

「承知しました」

キャスケットの男は首飾りをズボンのポケットに入れて、路地の奥へ走り去った。

「あの人に引きずり込まれた奴はどうなったんです？」

賢治は怖々訊いた。

「知らない方がいい」

「明日の新聞に、路面電車に人が轢《ひ》かれた記事が出る」

内藤は素っ気なく言った。

賢治は顔をしかめた。

「殺したんですか？」

「いいか、宮澤」内藤は賢治の襟を摑んでぐいっと引き寄せた。

「やらなければやられる世界にお前は片脚を突っ込んでいることを覚えておけ。一般の倫理観など通用しない世界がお前たちの住む世界のすぐ裏側にあるんだ。あの男が路面電車に轢かれなければ、おれたちが轢かれることになった」

「はい……」

賢治は震えながら肯いた。

「そんなことより」マチ子が言った。

「汽車が出るまでの間、どうする？　連中が札幌まで来ているんなら、街をうろつくのは危ないよ」

「考えがある」

内藤は言ってしゃがみ、右脚の裾を捲った。足首に巻いた黒革のケースの中から、小さな拳銃を取り出す。

賢治はギョッとして後ずさる。

内藤は掌にそれを載せて賢治に差し出した。賢治は知らないことであったが、それは一九〇六年式ブローニング小型自動拳銃で、民間人や将校の護身用に輸入されているものだった。日本は、第二次世界大戦が終了した少し後まで民間人も拳銃を所持することが許されていた。

「これから少し歩く。自分とマチ子を守れ。敵が近づいて来ればマチ子が知らせてくれる。正面から来た奴はおれがなんとかするが、後ろから来る奴の面倒までは見られん」

「わたしは撃ったことがありません」

「簡単だ。遊底の後ろにある安全装置を外して引き金を引くだけだ」

内藤は拳銃の各部を指差して説明し、賢治に差し出した。

賢治は怖《お》ず怖《お》ずとそれを手に取った。掌に収まるほど小さかったが、ずっしりと重かった。

「第一弾は薬室に入っている。危ないから悪戯はするなよ。撃つときはためらうな。ためらったら必ず死ぬと思え」

内藤は通りに出た。

賢治は拳銃をポケットに入れて、ビクビクしながら続く。マチ子がその後ろから通りに出た。

内藤は停車場まで戻った。襲撃はなく、賢治は、

「さっき借りた物、返します」

と言った。

「しばらく持っていろ」

内藤は答えて辻待《つじまち》タクシーの方へ歩いた。

「重くて上着の型が崩れるんですよ」

「命と上着とどっちが大切だ」

内藤は舌打ちしてタクシーに乗り込んだ。賢治は内藤とマチ子に挟まれて、中央に座った。

「大丈夫ですか？」賢治は内藤の耳元で小声で訊く。

「走行中に襲われれば逃げようがありませんよ」

「万が一タクシーが炎上すれば、琥珀も一緒に燃える。連中も馬鹿じゃないさ」

内藤はそう答えると、運転手に、

「月寒《つきさっぷ》の歩兵第二十五聯隊《れんたい》本部へやってくれ」

と言った。

「陸軍の衛戍地《えいじゅち》へ逃げ込むわけですか」

賢治が内藤に囁《ささや》いた時、車は動き出した。

「守りは万全だからな」

「だけど、敵にこっちには軍がついていると知らせるようなものですよ」

賢治は尾行車が心配で後ろを振り返る。まだまだ自動車の数は少ない時代である。尾行して来る車があれば目立つ。

「尾行はないよ」

内藤が、後ろを気にする賢治に言った。

「なぜそう言い切れるんです？」

「おれたちが樺太へ向かうことは分かっている。停車場で待ち伏せるか、汽車に乗ってくるさ」内藤は賢治に顔を向ける。

「これ以上の話は後からだ」

と言って、顎で運転手の背中を差した。

「分かりました」

賢治は口を閉じた。

タクシーは豊平川《とよひらがわ》を渡り、しばらく走って、歩兵第二十五聯隊本部の門前に停まった。

煉瓦の門柱の前に門衛が二人、小銃を携えて立っていた。内藤は門衛に歩み寄って、内ポケットから何かを出し、小声で一言二言話した。

話を聞いた門衛は、もう一人に声をかける。その兵士は肯いて本部の建物に走った。

兵士はすぐに戻ってきて、命令をもう一人に伝える。二人は同時に内藤に敬礼をした。

内藤は賢治とマチ子に手招きをする。そして、一人の門衛に案内されて敷地内に歩を進めた。

広い敷地には煉瓦造り、三角屋根の建物があちこちに建っていた。

入って少し歩き、右側に進んだ所にある、商家の蔵ほどの大きさの、煉瓦造りの建物に案内された。窓が幾つか見えたがすべてに鉄格子がはまっている。

門衛は重厚な木の扉の鍵を開けて、三人を中に招じ入れる。廊下が真っ直ぐ続いていて、左右に二つずつの扉があった。廊下の突き当たりの窓からの光が床板を照らしていた。門衛は入ってすぐの左の扉を開けた。

十畳足らずの部屋だった。壁際に長椅子や肘掛け椅子が置かれた一角があり、窓際に両袖の机が置かれている。賢治は客用の宿舎かなにかだろうと思った。

「見張りは四人つきます」門衛は直立不動できびきびとした口調で言った。

「夕食はお運びします。汽車の時間に間に合うよう、お迎えに参ります。御用の時には見張りにお声をかけてください」

敬礼して門衛は去った。

「ずいぶん待遇がいいですね。お偉いさんなんですか？」

賢治は内藤に言う。

「まぁな」

内藤は肘掛け椅子に腰掛けて、煙草に火を点けた。

「もうわたしは用済みですね」

賢治は長椅子に座る。

「なぜ？」

内藤は片眉を上げる。

マチ子は内藤の隣の肘掛け椅子に座った。

「ラスプーチンとその配下たちはもう、わたしに護衛がついていることに気がついたはずです。ならば、わたしを囮《おとり》にしてラスプーチンを引き寄せる作戦は使えないでしょう。内藤さんがこれを持っていても同じです」

賢治は胸ポケットから妖精琥珀の包みを出してテーブルの上に置いた。

「そういうわけにもいかないんだな」

内藤は包みを取り上げ、賢治に放る。

賢治は慌てて手を出して包みを受け取り、テーブルの上に置いた。

「なぜ？　敵はもうわたしの顔を確認しているから、人質にされれば面倒だってことですか？　わたしが人質になったとしても、あなたは屁《へ》でもないでしょう？　わたしの命など気にかけずに作戦を遂行するはずだ」

「ひとでなしみたいに言うな」

内藤は笑う。

「〈妖精琥珀《フェーヤ　インターリ》〉は」マチ子が言った。

「あんたが樺太へ行くように仕向けた。幾つもの偶然を重ねてね。〈妖精琥珀〉にとって、あんたが不要になったならば、たぶん、さっきの銃撃で死んでいた。あそこであんたが死ななかったっていうことは、〈妖精琥珀〉がなにかやらせたいことがあるのよ。それはまだあんたが持っていなけりゃならないのよ」

「そういうこともすでに話し合っていたんですか？」

賢治は睨むような目で内藤を見た。

「まぁな。おれは、そいつが偶然を重ねてお前に樺太まで運んでもらおうとしてるって説は眉に唾をつけてるがね」

「〈妖精琥珀〉があんたに何をさせようとしているのか判断するのはあたしの役目。〈妖精琥珀〉はまだあんたを必要としている。だから、あんたに甘い蜜を与えた」

「甘い蜜？」

「あんた、さっき幻を見たでしょ？」

言われて賢治はドキリとした。黄昏色の景色の中のトシの姿をありありと思い出した。

「やっぱりね。ずいぶん幸せそうな気配がしてたもの。あんたは〈妖精琥珀〉から、手放せば、もう甘い蜜は味わえないぞって言われたのよ」

「わたしが用済みになったろうって考えたのは、ここに来てからです。妖精琥珀は因果律に逆らってわたしの考えを読み取ったってことですか？」

「さあね。面倒くさいことは分からないわ」マチ子はニヤリと笑う。

「甘い蜜を与えられたことを認めたわね」

賢治はしまったと思ったが、もう遅いと肩を竦めた。

「〈妖精琥珀〉がまだあんたを必要としていることは確かよ」

賢治はテーブルの上の包みを見つめた。手を伸ばしてそれを摑み上げる。頭の中のトシの姿が鮮明になった気がした。

賢治はそれを胸ポケットに落とし込み、上から掌で押さえた。

暗い部屋の中、火鉢にかけた鉄瓶がシュンシュンと蒸気を吐き出している。

トシが苦しげな息をしている。賢治は横に座ってトシの額の手拭いを取る。ついさっき濡《ぬ》らして載せた手拭いは、もう熱くなっていた。

賢治は手拭いを洗面器の水に浸し、絞ってトシの額に載せる。

トシは薄く目を開けて、かすかな声で「ありがとう」と言った。

賢治は肯き、トシが目を閉じたのを見て立ち上がる。もう手拭いではどうにもならない。

納戸に走って氷嚢《ひょうのう》を取り出し、台所の冷蔵庫の板氷を包丁の背で割ってゴムの袋に入れた。それに水を注ぎ、トシの部屋へ向かう。

トシの額の手拭いに、氷嚢を載せる。トシはハッとしたように目を開けて、

「冷《し》ゃっこい」

と微笑んだ。

かつてふっくらとしていた頰は、病み衰えて細くなっていた。頰は熱のために赤い。唇は乾いてカサカサになっていた。

人は、美しく死んでいくことなどないのだ。死に向かって、静かにゆっくりと壊れて行く。

賢治はトシに微笑み返したが、泣き笑いの顔になった。

「お前にばがり苦労かげで気の毒だったな」

「なんも」トシは苦しげに息をしながらも微笑んだ。

「生まれで来るたて、今度はこったに我《わり》ゃのことばがりで苦しまなぁように生まれでくるがら、兄ちゃんは心配しなくてい……」

途切れ途切れの言葉は、賢治の胸を締め付けた。愛《いと》しい妹はもう、明日のことではなく、来世への願いを語っている。いや、不甲斐《ふがい》ない兄を慰めるために、明るい来世を語っているというのに、賢治は何と返したらよいかが分からなかった。

どうしてもトシはもうじき死ぬのだということを前提とした返事になってしまいそう

だったからだ。

　こんなことじゃない――。

　わたしが望んでいるのはこんなことじゃない。よりによって、一番引き返したくない今際《いまわ》の際《きわ》に戻されるなんて――。

　賢治はトシの手を布団から引き出して、自分の頬に強く押し当てた。柔らかい掌はわずかに汗ばんで、とても熱かった。

　賢治はブルッと頭を振って目を開けた。

　掌と頬に、ありありとトシの手の感触があった。

「苦い蜜だったようね」

　マチ子は眉間に皺を寄せた。

「何でもありません」

　賢治は言って額を拭う。冷や汗が掌を濡らした。

「甘い蜜の後に苦い蜜を味わわせ、もっと甘い蜜をくれと願わせる。それが〈妖精琥珀《フエーヤインターリ》〉の手かもしれない」

　マチ子は言う。

　確かにそうかもしれない。もっと甘い想い出は沢山あった。どうせならそれを見せてもらいたい。いや、それよりも、トシの幽霊なり、蘇ったトシなりに会わせてもらいたい——。

まだまだ話したいことがあったのだ。

『次は自分のことばかりで苦しまないように生まれて来ます』と言ったトシに、せめてその返事をしてやりたい——。

六

聯隊本部のコックは腕がよく、夕食はとても美味であった。菜食を旨としている賢治の皿は野菜料理ばかりだったが、ソースが工夫されていて、多彩な味を楽しめた。

暗くなって迎えが来て、軍用車両で札幌停車場まで送ってもらった。旭川行きの夜行が出るまで、一等乗客用の待合室を使った。見張りの兵士がついたので、身なりのいい客たちは胡散臭げに三人を盗み見ていた。

「どうせなら一等車に乗せてくれませんかね。その方が守りやすいんじゃないですか？」

椅子に腰掛けながら賢治は言った。

「流れ弾が金持ちに当たると面倒だからな」

内藤は煙草を吸いつける。

「貧乏人の命は盾にしても構わないということですか」

賢治は苦々しい顔をする。

「命には優劣があるのよ」マチ子は唇を歪めた。

「そんなことくらい分かるでしょ」

徳川《とくがわ》の世が終わって五十数年が経ち文明国として歩んでいるというのに、未だに命の優劣が存在する。そして民衆はそれが当たり前だと思っている。

なんとかできるのは政治家だが、そのほとんどが、西欧諸国と肩を並べる一等国になることばかりに目を向けている。日清、日露の戦争で、その目的はある程度達成されたろうに、政治家たちはまだ上ばかり見ている。

あと何年、何十年経てば、命の優劣はなくなるのだろうか。

＊　　＊

駅員が間もなく発車と知らせに来て、賢治たちは待合室を出て、改札を通り、三等車に乗り込んだ。車両の真ん中辺りの座席に着く。

賢治はポケットの中で拳銃の銃把を握って、オレンジ色の照明に照らされた客車に入ってくる客たちの様子を注視していた。

それぞれの客が網棚に荷物を乗せて座席に収まり、雑談のざわめきや、酒盛りのアルコールのにおいが車内に満ちた頃、汽笛が鳴り、汽車は旭川に向かって走りだした。

ゆっくりとホームが後ろに流れる。明かりの下にパナマ帽を被った白シャツの男が立っていた。誰かの見送りかとも思ったが、手を振るでもなく佇んでいる。列車の動きに合わせて男の首が動く。確かに賢治たちが座る窓を見ていた。

「見張りね」

マチ子が言った。

「え？」

賢治は窓に顔を近づける。男の姿は急速に遠ざかった。

「これから旭川の仲間に電話をかけるんだろうな。あるいは電報か」内藤はのんびりと言った。

「だとすれば、旭川までは向こうの動きはない」

内藤はそう言うが、もしかすると敵はすでに近くの座席に座っているかもしれないけれど、とりあえずすぐに襲って来ることはなさそうだ。賢治はポケットから手を出した。掌は汗びっしょりで、賢治はズボンの尻ポケットからハンカチを出しそれを拭う。上着を脱いで帽子掛けに掛けようかと思ったが、拳銃は側《そば》に置いた方がいいと考え直し、畳んで脇に置いた。

「こちらに軍がついていることを知られてしまいましたね」

賢治は内藤に言った。

「軍がついていることを知られても別に問題はない」内藤は煙草に火を点けた燐寸《マッチ》を床に落とした。

「こっちに何者がついていようと、向こうは〈妖精琥珀《フェーヤ・インターリ》〉を手に入れたいのだ。もう一つの〈妖精琥珀〉を持っているラスプーチンと対峙《たいじ》することができれば、その過程はどうでもいい」

「なんで妖精琥珀の力を信じるんです？」

「敵が持っていた首飾りの琥珀が」マチ子が言う。

「あなたの〈妖精琥珀〉に感応して光ったのを見たでしょ」

「見ました。何らかの力があることは信じます。けれど、あなたたちも実際に妖精琥珀が力を発揮するところを見たのはあれが初めてでしょ？　大勢の人員を割いて、これに関わろうとするなんて、公式な組織の行いとして常軌を逸している」

「信じたのはおれじゃない」内藤は言う。

「信じたのは上役だ。おれは、お前と同じように首飾りの琥珀と〈妖精琥珀〉が光ったのを見て、初めて本気で信じた。ロシア在住の職員が調べられるだけの来歴を調査し日本へ報告してきた。上役はそれを信じおれたちに調査を命令した。そして、〈妖精琥珀〉が日本で盗まれたということから、数年かけて元の持ち主を調べ、網元と鈴木三郎に行き着いた。元々の持ち主は死んでいたが、家を継いだ孫の三郎を内偵しているうちに、お前さんに会いたがっているということを知り、お前さんのことを調べ上げた」

「すると」マチ子が話を引き継ぐ。

「あんたは樺太へ出張することになっていた。これは偶然ではない。〈妖精琥珀《フェーヤインターリ》〉に呼ばれたなと思ったのよ」

「だから妖精琥珀がわたしを選んだと？」

「あんたという木偶の坊をね」

マチ子はケラケラと笑った。

「その言い方、失敬だと言ったでしょ」

賢治はムッとした顔をマチ子に向けたが、気を取り直して質問を変えた。

「妖精琥珀が二つ揃《そろ》えば、どうなるんです？」

「揃えてみなければ分からない」

内藤は肩を竦めて煙を吐き出す。

「〈妖精琥珀〉はラスプーチンの体を不死身にした」マチ子が言う。

「その仕組みを解き明かしたいということと、そんなものが二つ揃えば、どれほどの力を発揮するかを確かめたい。そんなところでしょうね。どうせろくなことには使わないんだろうけれど」

「軍事目的に使うために研究するというのですか？」

賢治は呆《あき》れて訊いた。

「戦争の時には真言宗の坊主を集めて、本気で怨敵調伏《おんてきちようぶく》の護摩を焚《た》かせたりしているのよ。遠く離れた相手を呪い殺すなんて、そうそうできるものではないけれどね」

「できることもあるんですか？」

「あたしが知っている限りでは、偶然とは言い切れないのが二、三例かな」

「そんな頼りないものを頼ろうとしているんですか……」

賢治は首を振った。

「政治家にしろ、軍人にしろ、神秘主義が好きなのよ。結局、勝ち負けの世界の奴らだから、博打《ばくち》打ちと同じね」

マチ子は肩を竦める。

「一眠りしておくか」

内藤は腕組みして鳥打ち帽を目深に被り、顎を胸に埋《うず》めた。

マチ子も背もたれに頭を預けた。

賢治は窓に額を当てて暗黒を見つめる。

そういえば、マチ子はわたしの隣に妹の霊が座っていたと言った——。

賢治は窓から額を離して、横の空席に顔を向ける。

そこにトシの姿を見ようとしたが、朧《おぼろ》な幻が頭に浮かぶだけで、座席の上に像を結ぶことはなかった。

「そこには誰もいないわよ」

マチ子はボソッと言った。

「わたしの心を読んだのですか？」

「あたしの心眼に、切なそうな顔で隣を見つめるあなたが映っただけ」

「この旅のどこかで、死んだ妹と交信できるんじゃないかと思っていたんです」

賢治は思わず本心を言ってしまった。

「死人《しびと》との交信はあたしの商売よ。降ろしてやろうか？」

マチ子は背もたれに頭を預けたまま言った。

賢治は迷った。マチ子に、人知を越えたなんらかの力があることは分かっていた。だが、霊媒師や口寄せが霊を降ろしたと称して語る言葉が本当に死者の言葉であるかどうかを証明するすべはない。

だから——。

「わたしは自分自身で交信したいんです」

「なるほどね。自分で見たもの、聞いたものしか信じないか」

「わたしには詩の霊感はあっても、死者と交信する霊感はないことは分かっています。

だから、詩の霊感で妹を感じようと思っていました」

「妹さん、トシさんだっけ」

身内以外の者の口から妹の名が出てきて、賢治は一瞬ドキッとした。

「ああ、わたしの身上も調べたんでしたっけ」

「妹さん、残念だったね」マチ子は優しい口調で言った。

「身内の死は心にこたえるよ」

「あなたも誰か？」

「家族全員……。それ以上訊いても答えないからね」

マチ子の唇が震えた。

「訊きません」

賢治は即座に言った。聞いてしまえばこちらの心が壊れてしまいそうなほどの過去があるような気がしたのだった。

「妹さんを降ろさなくていいんだったら、あたしは寝るよ」

色眼鏡の中の目が閉じた。

賢治はまた、窓に額をつけた。暗黒の中、時折、家の灯火が後方へ飛んでいった。遠くの灯はゆっくりゆっくり遠ざかった。

後方の扉が開閉する音が聞こえた。

足音が近づいて来る。擦るような足音だから靴ではない。草履だろうか。小刻みな足運びである。女――。和服の女の足音だ。

ぼんやりとそんなことを考えていると、車内を映す窓に、後方から歩いてくる女の姿が映った。

生成りの麻に淡い青の縦縞《たてじま》の着物。見たことのある着物だ。トシの持ち物にこういう柄があった。

ハッとして窓の映像に焦点を合わせた時には、女は賢治の座席を通り過ぎていた。横顔がトシに似ていた気がする。

賢治は通路に顔を向ける。

女は賢治の席の横を通り過ぎて、背もたれの陰に姿を隠す。

賢治は腰を浮かせた。

マチ子の手が伸びて、賢治の腕を摑む。

賢治はマチ子の手を振り払おうとした。しかし、その握力は強く、指先が痺れるほどだった。賢治は顔をしかめてマチ子を見た。

「何が見えたのかは知らないけど、それは妹さんじゃない。〈妖精琥珀《フェーヤインターリ》〉があんたを取り込もうとして見せているんだよ」

マチ子は真剣な表情である。

賢治は通路に視線を戻す。女の姿はなく、通路の扉が閉まった。賢治は勢いよくマチ子の手を振り払うと、通路に出た。

扉の窓の向こうに、こちらとはリズムの違う揺れをする隣の車両が見えた。通路は無人である。賢治は走った。車両の揺れによろめきながら扉を開ける。車輪の音が大きくなった。車両と車両の間の蛇腹がどこか破れているのか、風が巻いている。

隣の車両の扉を開けて中に入る。この先の客車へ行くだけの時間はなかった。

あの女はこの車両にいるはずだ——。

静まりかえった通路を歩きながら、寝ている乗客たちを見て回った。

あの女はどこにもいなかった。

賢治は肩を落として自分の席に戻った。

内藤もマチ子も、車両の揺れに身を任せながら目を閉じていた。

賢治は座席に座る。スプリングが微かに軋《きし》んだ。

「何も起きませんでしたよ」

賢治はボソッと言った。

「あたしに見抜かれて、触手を引っ込めたのよ」

マチ子は答えた。

賢治は窓に額を押し当てて、目を閉じる。

車輪の音が遠のいて行って、賢治はやがて眠りに落ちた。

七

誰かに肩を揺すられて目が覚めた。

悪夢を見ていた気がした。揺すった者を見上げると、内藤だった。

「旭川だ」

内藤は言って自分のトランクを網棚から降ろした。マチ子はすでに旅行鞄を持って通路に立っていた。

窓の外は薄暗い。雲が厚いようで、日の出後なのか前なのか分からなかった。賢治は慌てて立ち上がり、黒革のトランクを降ろした。寝起きで機嫌が悪かったせいもあり、当然のごとく主導権を取ろうとする内藤に腹が立った。

こっちは妖精琥珀を持つ、いってみれば重要人物だ。もっと丁寧に扱ってもらってしかるべきだ——。

内藤に逆らってやりたい気持ちがムクムクと膨れあがった。

「旭川では行きたい所があるんです」

賢治は内藤とマチ子を追う。

「どこへ？」

内藤は客車を降りながら訊く。

「農事試験場です。仕事に関わることですからどうしても行きます」

「お前、立場を分かっているのか？」

内藤は大股でホームを歩く。

「軍から正式に命令されたわけではありません。わたしは任意で協力しているだけですから、仕事の方を優先させてもらいます」

胸がはり裂けそうに高鳴っていたし、強い者へ反抗するという行為が脚を震えさせていたが、それを誤魔化すために賢治は急ぎ足で内藤を追い抜いた。

後ろから大きな舌打ちと、マチ子の笑い声が聞こえた。なんだか勝ったような気分になり、賢治は笑みを浮かべて改札を出た。

霧雨が降っていた。旭川もまた、賢治がイメージしていた街よりもずっと都会だった。道は札幌同様、整然と碁盤の目状になっているらしく、腕木が何本も並ぶ電信柱が一点透視を描いて、湿気《しけ》った空気に霞《かす》みながら道の先まで続いている。その左右には、洋風建築が建ち並んでいて、煉瓦造りの停車場前交番には巡査が立っている。

何百年前、何千年前から人が住み続けていた本州では、大火でもないかぎり、都市計画に則《のっと》った街造りは難しい。

この大地は元々、アイヌの土地。北海道の街は、いってみれば江戸時代に先鞭《せんべん》を付けた侵略を、明治になって急速に広げていった土地である。一から造った街だから、計画的に綺麗な都市となった。大都会でありながら、下町があるためにゴチャゴチャとした印象のある東京よりもずっと先進的で清潔に見えた。

賢治の住む土地は「道の奥」＝「陸奥《みちのく》」、つまり最果ての土地と蔑まれた土地だ。そのまた北にある。最果てのさらに最果ての土地であるはずの北海道が、花巻よりも盛岡よりも発展しているのが羨ましくも悔しくもあった。

北海道同様に最果ての最果てであったアメリカ大陸が、侵略者たる白人の手によって、今や欧州と肩を並べるほどの国となっているところをみると、もしかしたら北海道はこれから、東京を凌《しの》ぐ都会になって行くのかもしれない——。

打ちひしがれた気分で、賢治は停車場前を見回す。

近くに馬車が数台停まっていた。立派な黒塗りの馬車もあったが、賢治はまるで欧州の放浪の民が乗るような古びた幌《ほろ》をかけた小さな馬車を見つけて歩み寄った。

運賃が安そうだということもあったが、旅情を楽しむにはそういう馬車が相応《ふさわ》しいと思ったからだ。それに繋がれている馬は賢治のお気に入りのハクニー種だった。

「農事試験場まで行ってください。六条《ろくじょう》の十三丁目」

言いながら乗り込む。

「農事試験場は街を広げるからって、移転したよ。かれこれ十五、六年も前だ」

老駆者《ぎよしや》は振り返りながら言った。

「え？　どこへ？」

「上川《かみかわ》郡永山《ながやま》村」

駆者が答えた時、内藤とマチ子が乗り込んできた。

「遠いのですか？」

「七、八キロくらいかな。馬車で行くよりも、もうじき汽車が出るからそれで行った方が安くすむよ」

親切な駆者であった。しかし、賢治は、

「旅には旅情というものが必要なのです。やってください」

「そうかい。なんだか分からねぇけど」

老駆者は馬車を出した。

馬の胸元の革紐に取りつけられた真鍮《しんちゆう》の鈴がけっこう大きな音を立てる。岩手でも農耕馬に熊除《よ》けの鈴をつけているから、きっとこれも同様の目的を持っているのだろうと賢治は思った。

北海道といえば羆《ひぐま》。岩手に生息する月の輪熊よりもずっと大きく危険な熊である。夏場は餌があるから山に留《とど》まっているだろうから大丈夫であろうが——。賢治は、そっとポケットを上から触り、拳銃の存在を確かめた。

羆は狩猟用の鉄砲で撃っても死なないことがあると聞くから、こんな小さな拳銃で撃っても相手は屁でもなかろうが、一矢も報いないで死ぬのは嫌だと思った。

内藤のような東京者——生まれは分からないが——は野生動物への恐怖などまったく感じないのだろう、平然とした顔である。マチ子を見ると、彼女もまた表情を変えていない。

イタコならば津軽《つがる》生まれだと思ったのだが、違うのだろうか——。

そんなことを考えながら馬車に揺られていると、市街地をはずれて落葉松《からまつ》の林に入った。

人通りはない。わずかに弧を描いた道の先に集落が見えていた。

中程まで来た時、五、六人の男が木々の間から飛び出し道を塞いだ。服装はまちまちだったが、肉体労働者風である。

馭者は驚いて馬を停めた。

「どけっ!」

馭者は五十メートルほど離れた所に立つ男たちに大きく手を振った。

「事を急ぎだしたか」

内藤は呟くように言って、どこから出したのか、刃渡りの長いナイフを右手に握った。

「何をするんです？」

賢治は驚いて研ぎ減りした刃を見た。

「二人ともすぐに動けるようにしておけ」

内藤が言った時、男たちの中の一人が腰の後ろに手を回す。前に戻した手には大きな拳銃が握られていた。

モ式大型拳銃――、モーゼル十連発と呼ばれる用心鉄の前に弾倉がついた自動拳銃である。

男は空に向けて二発撃った。

銃声が落葉松林に響き渡る。

老馭者は悲鳴を上げて馭者台を飛び下り、逃げ出した。

内藤は、「お前、裸馬に乗れるか？」と訊く。

「はい」と賢治は答える。

内藤はひらりと馬車を降りる。

「動くな！」

外国訛《なまり》の強い言葉で、拳銃の男が言った。

「あいつは撃たない」

内藤はナイフで馬と馬車を繋いでいる革ベルトを切った。

拳銃の男はまた空に向けて二発撃った。

「撃ったじゃないですか！」

賢治は上擦った声を上げた。

「こっちに狙いを定めて撃つことはないという意味だ」

内藤は賢治に手招きする。

賢治はマチ子の手を取って馬車を降りる。

男たちが走って来る。

賢治は馬に飛び乗って鬣《たてがみ》を掴んだ。

内藤が手伝い、マチ子は賢治の後ろに乗った。腰に手が回り、マチ子の柔らかい胸が背中に押しつけられたのでドキッとした。

内藤は馬の轡《くつわ》を持って首を今来た方向へ向けた。

「停車場で待て」

と言って、内藤は馬の尻を叩く。馬は弾かれたように走りだした。

「動くなっ！」

声と共に銃声。

賢治は思わず身を屈《かが》め、馬の首に頬を当てる。

首を捻《ひね》って後方を見た。

銃を構える男に内藤が飛びかかる。モ式を持つ手を捻りあげる。

瞬時に拳銃を奪い取った内藤は、男の後ろに回り、腕の関節をきめながら、銃口をそのこめかみに当ててなにか怒鳴った。ロシア語のようだった。

残りの男たちは上着の懐から、ズボンの背から拳銃を抜き、構えた。中折れ式の大きな回転動輪式拳銃《リヴォルヴァー》であった。

内藤はなにか怒鳴りながら、銃口を正面に立つ男たちに向け、引き金を引いた。

男が一人、弾き飛ばされたように倒れ、肩を押さえて呻く。

内藤はもう一度怒鳴る。

前に立つ男たちは、倒れた男を助け起こし、林の中へ走り込んだ。

内藤は男を盾にして頭に銃口を押し当てながら、周囲を警戒しつつ走る。

賢治は迷った。内藤を待つべきか、このまま停車場まで逃げるべきか。

胸の中で心臓が暴れ回っている。その迷いで、馬の速度が落ちた。

「駄目よ」

後ろのマチ子が鋭く言った。

同時に内藤の声が叫ぶ。

「駄目だ！　急いで停車場へ向かえ！」

賢治は馬の腹を蹴り、速度を上げた。

落葉松林が切れて集落が間近になった辺りで、へとへとになって走る老駆者に追いついた。

このまま追い越すのは悪いと思った賢治は馬を停めて降り、マチ子も降ろして駆者に声をかけた。

「客を置いて逃げるなんてひどいじゃないか」

馬を盗んだ苦情を言われる前に、賢治は先制する。

老駆者は足を止め、両膝に手を置き、荒い息をしながら賢治を見た。

「命あっての物種だ」

「ほら、馬を返すから停車場前の交番に知らせてください」

「匪賊《ひぞく》は追ってこないのか？」

老駆者は恐る恐る落葉松林の奥を見る。

賢治もそちらに顔を向けた。

斜めになって停まった馬車と、こちらに歩いてくる内藤の姿が見えた。さっきまで捕らえていた男も、拳銃も、見あたらなかった。

「わたしの仲間は腕っ節が強いんだ」

賢治が言う。

「逃げたように見せかけて、追い掛けてくるかもしれないよ」マチ子が言う。

「さぁ、巡査に知らせておいで」

「そうだな……」

老駅者は馬に跨《また》がり、停車場の方へ走った。

内藤が賢治とマチ子に駆け寄り、

「馬を返したのか」

と、呆れ顔を賢治に向けた。

「馬泥棒と言われたら面倒くさいですから。拳銃は返したんですか?」

「弾丸《たま》を抜いてな。一挺《ちょう》、二挺取り上げたところで意味はない」

「こっちを殺すつもりはなかったようですね。ならなにも撃たなくてもよかったのに」

「お前を殺すことはなかろうが、おれやマチ子は邪魔だから殺すつもりだろうよ。だが、お前が嫌がるだろうから肩を撃って、命は助けてやった」

「わたしがいなければ殺していたんですか?」

「その方がこっちの本気が伝わるからな」内藤は賢治に恐い目を向ける。

「余裕がなくなったら、お前の目の前でも敵を殺す。お前が住んでいる甘ったるい世の中は、世界のほんの一部だ。今、お前はこっち側に片脚を突っ込んでいるんだから、覚悟をしておけ。こっち側じゃあ人の命は一切れのパンよりも安い」

「そんなことは……」

反論しようとする賢治を、マチ子がグイッと自分の方へ向けた。

「パンを持っている奴を殺せば、その一切れは自分のものになるの。裕福な家に生まれたくせに、父親相手に駄々をこねたり、音盤《レコード》を聞いて悦にいるようなあんたには上っ面しか想像できないことでしょうけどね」

詩人、童話作家としての自分を侮辱された気がして、賢治は口を開く。しかし、「失敬な」という一言しか出て来なかった。マチ子の言うことは当たらずとも遠からずであるという思いもあったし、そんなことまで調べているのだという驚きもあったからだ。

「菜食主義を気取っているけど、本当の飢えを知らない。病の死よりも残酷な死を知らない。爆弾で吹き飛んだ死体を食いたいと思ったことなどないでしょう?」

マチ子は冷たい笑みを浮かべた。

「あなたはあるんですか」

馬鹿にされて、賢治は思わず訊いてしまった。

「あるわよ」

聞きたくなかった答えであった。

「甘ちゃんのあんたと、あたしたちは本来交わることはない。お互い不愉快だけど、事が終わるまでの我慢よ」

マチ子が言った時、自動車が一台、こちらに向かって走ってきた。警察車両のようだった。賢治たちの側で停まり、巡査が降りてきた。

内藤が歩み寄り、何か話す。巡査はピシッと背筋を伸ばし、敬礼をして車に乗ると、放置されたままの馬車に向かって車を走らせた。

「軍や警察を操る呪文を知っているようですね」

賢治はできるだけ皮肉っぽく聞こえるように言った。これ以上、マチ子と話したくなかったからだった。

「北海道から樺太にかけて便宜をはかるよう連絡が回っている」

それを聞いて、賢治はポンと手を打った。

「軍や警察を動かせるなら、ラスプーチンを捕らえた方が早いんじゃないんですか?」

「いい案を思いついたように言うんじゃない」内藤は舌打ちする。

「そんなことはとっくにやって、でかい被害を出しているんだ」

「え……?」

「ロシア国内で面倒が起きた。いくら日本に負けた国であっても、そういうことが連続すればまずい。だからお前を使うことにした」

「とばっちりで村が二つ三つ、壊滅してるのよ」

マチ子が言う。

賢治は顔から血の気が引いていくのを感じた。

眼前に幻が見えた。

雪原である。

彼方《かなた》に大きな炎があった。鉛色の空に向かって、真っ黒な煙が立ち上っている。煙の中に、時折オレンジの炎が閃《ひらめ》く。

村が燃えている。

雪の上に点々と横たわる黒いものは死骸だろうか。

燃える村を背景に、黒い人影が歩いてくる。百人を超えている。いずれも修道士のような格好で、帽頭巾《フード》を被っている。

先頭の男は背が高い。

頭巾の下から長い髪が垂れ下がり、尖《とが》った鼻の下と顎の長い髭が、風になびいている。

時折、フラメンコのカスタネットのような連続音が遠くから聞こえる。機関銃の音であろう。

微かな悲鳴。断末魔の声。村を焼く煙は空の上で不気味で大きな渦巻を作る。厚い雲を透かして飴色の太陽が現れた。景色が黄褐色に染められて行く。

違う。わたしが見たいのはこんな幻視じゃない——。

禍々しい幻は大きく歪み、黄色と褐色の混沌《こんとん》となり、小さなプロペラの音が無数に響く。

鉄瓶から吹き出す蒸気の音。

窓の外の空は陰鬱な雪雲に被《おお》われ、室内は青みを帯びた灰色のモノクローム。

布団の胸元が忙《せわ》しなく動く。

浅く速い呼吸をしながら、トシは、

『耳もゴォど鳴って、さっぱり聞けなぐなった……』

小さな声で言った。

枕元には家族が集まり、いずれも諦めきった顔でトシの顔を覗き込んでいる。

やがてトシの目は虚《うつ》ろになって、何かを追い求めるかのように、あちこち動いた。

賢治はトシの耳元に口を寄せてその名を呼んだ。

トシは肯くように二度、息をした。

そして、息も心拍も停まった。

賢治はもう一度妹の名を叫ぶと、あの世への道を迷わないように、泣きながら法華経を唱えた。

小さなプロペラの音が聞こえた。

経を唱えながら目を上げると、灰色に沈んだ天井近くに、二匹の妖精が飛んでいた。

お前たちは迎えに来たのか――？

賢治は問う。

しかし、妖精は答えない。慈悲というものの欠片も感じられない無表情である。

お前たち、ずいぶん肉付きがよくなったじゃないかと、賢治は笑いたくなった。

いや、琥珀の中に封じられ乾涸らびた姿を見るのは、この時から一年先。お前たちはここにはいないはずだ——。

賢治は追い払うように手を振る。周囲の家族たちが、心配げな目を賢治に向ける。

違う。わたしが見たいのはこんな幻視じゃない——。

体が揺すられて、賢治は我に返った。

「詩人は感応しやすいわね」マチ子が目の前に屈み込んでいた。

「感応するのはどんな感じだった?」

前に賢治に質問された言葉を返す。

旭川停車場の待合室だった。煙草と、微かな便所の臭いが漂っている。汽車を待つ客たちのざわめきが聞こえた。

「ただの脳貧血です」賢治は上着のポケットからハンカチを出して額の汗を拭う。

「詩人と認めてくれたことには礼を言います」

賢治はハンカチをしまい、ぐったりとベンチの背もたれに体を預けた。

「妹さんの幻を見たのね」

「脳貧血だと言ったでしょう。視野狭窄《きょうさく》が起こった後は真っ暗ですよ」

「〈妖精琥珀《フェーヤ インターリ》〉が見せているのはただの幻覚だからね。あたしが見たラスプーチンの姿も、資料の写真を心眼で見た時の印象が強く影響しているのかもしれない」

「時間も空間も超越して、過去を見せているのかもしれないでしょう。異空間は時空を自在に……」

「ほら、やっぱり幻覚を見ていた」

賢治は乗せられてしまったと唇を歪めた。

「時間や空間を超越しているならば、死者の世界とも繋がっているかもしれません」

「妹さんに会いたいなら、降ろしてやるって言ったじゃない」

「口寄せは言葉しか聞けないし、それが本当のトシの言葉かどうか分かりません」

「自分の目で……」内藤が言う。

「見たことしか信じないのはいいことだが、黄泉比良坂《よもつひらさか》を越えて伊弉冉《いざなみ》に会いに行った伊弉諾《いざなぎ》はえらい目に合った。生身の人間が隠世《かくりよ》に触れればろくなことはないぞ」

「あなたも死後の世界を信じているんですか」賢治は冷笑する。

「神秘主義に関わるのは、仕事だから……。そういう極めて現実的な人だと思っていました」

「この目で見たんだよ。隠世に触れてえらい目に合った奴をな」内藤は苦い顔をした。

「幽霊屋敷に関わった時だった。最初はまともだった奴が、ジワジワと感化されておかしくなって行くんだ。お前も気を付けろよ」

賢治は背筋に悪寒を覚えた。内藤の表情と口調に、強い真実味を感じ取ったからだった。

いったいどんなことがあったのか。聞かない方が絶対にいい――。

そう思った賢治は、小さく一つ肯いただけだった。

「農事試験場はどうする？　用事があるんなら、魔法で警察の護衛をつけてやるが」

内藤が訊く。

「結構です」賢治はブスッと言った。

「時間があるなら見学したかっただけですから」

八

賢治たちは弁当を買って、昼の稚内《わっかない》行きの急行に乗り込んだ。

稚内まではおよそ八時間。そこから樺太大泊《おおどまり》行きの連絡船に乗る予定である。

網棚にトランクを乗せながら、何気ない様子を装って客車内を見回す。

商人らしい男。旅の親子連れ。役人と見受けられる集団。

この中に敵はいるのか。何人が内藤の配下だろう――？

不安を感じながら席に着き、弁当を食べる。

緊張の連続で、しかも夜はろくに寝ていなかったから、腹が満たされると睡魔が襲ってきた。いつの間にかうつらうつらとし、脚に小さな衝撃を受けて目が覚めた。

目を開けると、小柄な老人が立っていた。アッドシ（厚司）の着物を着て半白の長い髪にサパンベ（冠）を被っている。白い髭に囲まれた顔は彫りが深かった。アイヌである。

「邪魔だ。脚をどけろ」

老アイヌは低い声で言った。

賢治は寝ている間に伸ばしていた脚を慌てて引っ込めた。

老アイヌは賢治の隣に座った。

ガタンッと汽車が動き出し、名寄《なよろ》停車場の看板が後方へ流れた。

太陽は西に傾いている。時計を見ると午後三時を過ぎていた。

「お前、嫌な物を持っているな」

皺深い顔をしかめて、老アイヌは賢治を見る。

「あなたはどなたです？」

「朱鞠内《しゆまりない》のオイタクシ」内藤が言う。

「呪術師だ」

「その名前は好かん。和人《シャモ》が勝手につけた名だ」

「本当の名を知られずにすむからいいではないですか」

通路を挟んだ隣の席に腰掛けた、背広の若者が言った。目鼻立ちがはっきりした顔は、
老人と同様アイヌのようであった。

「オイタクシの助手の木村悦三郎《きむらえつさぶろう》だ」

内藤が紹介すると、

「アイヌ名は名乗りませんよ」

と木村は言った。

「呪いをかけられない用心ですか？」

賢治は訊いた。

「まぁ、そういうことですね」

「あなたたちも内藤さんの特務機関の職員ですか？」

「そうです」と答えた木村は、内藤に顔を向けた。

「名称を教えていないんですか？」

「部外者に言う必要はないからな」

内藤は素っ気なく答える。

「よかったですね」木村は賢治に笑みを向けた。

「あなたは生きて帰れるようだ」

「どういう意味です？」

「あなたを口封じで殺してしまうつもりはないということですよ。イタコとアイヌの呪術師がロシアの魔人相手に戦ったと誰かに話したところで誰も信じないでしょう。けれどその与太話に組織の名前が加わると、現実味が増します。調べたがる物好きが出てくると、口封じをしなければならない者が増えます。人を殺さずにすむならそれに越したことはない」

木村は優しい声音で平然と人殺しのことを語った。賢治は引きつった笑みを浮かべた。その時、小太りの人相の悪い中年男がこちらに歩いてきた。酒が入っているようで頬が赤かった。

「おい、アイヌ」

男は嫌悪感を顔に滲《にじ》ませてオイタクシを見下ろした。

オイタクシは黙ったまま前を見ている。

「おじさん。絡むのはやめましょう」

賢治は立ち上がって言った。

男は賢治を無視してオイタクシを罵倒する。

「この席はお前が座る場所じゃない。デッキにでも座ってろ。薄汚い野蛮人が同じ汽車に乗っているっていうだけで気分が悪いんだよ」

木村がすっと立ち上がり、微笑みながら男の耳元で囁いた。

「気分が悪いんなら、汽車を降りればいい」

「なに？」

男は振り返り、木村の体に顔がぶつかりそうになって一歩後ずさる。

「なんなら今すぐに降ろしてやってもいいよ」

木村がずいっと一歩歩み寄る。

男は二歩後ずさる。

「北海道はおれたちの土地で、あんたら和人は軒先を借りたふりをして母屋まで乗っ取った盗人《ぬすっと》なんだよ。盗人にもそれなりの苦労があったわけだが、あんたみたいな奴は、後から来て苦労もしていないくせに威張り腐る」木村は目を細めてじっと男の顔を見つめて、続けた。

「どうやらあんたは、日頃上司に頭が上がらないようだね。いつもできが悪いと怒鳴られている。部下に当たり散らしたいけれど、部下は自分よりできるから、そうもいかない。女房子供もしかり」木村は言葉を切り、大袈裟《おおげさ》に目を見開く。そして、客車内に聞こえるように大声で、

「ああ。だから野良犬、野良猫を虐《いじ》めて憂さを晴らしているんだ」

と言った。

「嘘を言うな！」

男は上擦った声で言う。顔に恐怖の表情が浮かんでいるから、木村の言ったことは図星だったのだと賢治は思った。

木村は人の心を読むのか？　いや、呪術の類などであるはずがない。

賢治は自分自身に小さく首を振った。

「嘘じゃないよ。あんたの言う薄汚い野蛮人の術で、あんたの頭の中を読み取ったんだよ。あんたやあんたの会社の名前も言ってやろうか？」

男は出入り口近くの自分の席に駆け戻る。

「さぁ、野良猫虐めさん。戻ってお師匠に謝ってもらおうか」

賢治の所からは椅子の背もたれが邪魔で、男がどんな表情をしているか分からない。

「もうよい」

オイタクシが野太い声で言った。

「お師匠がよくても、おれの腹の虫が収まりません」

木村は明るい声で返す。

「お師匠は許すってさ。だけど、おれは自分より弱い者と見れば居丈高に威張り散らす奴が大嫌いなんだよ。目障りだから、あんた、降りる停車場までデッキに座ってなよ。ここで本名と会社名をバラされるのとどっちがいい？」

男がさっと立ち上がり、網棚の旅行鞄を取った。座席を出ようとする男を邪魔するように木村が立ちはだかる。

「今まで虐めてきたアイヌや犬猫の気持ちが分かったかい？　あんたみたいに性根が腐った奴はこんなことぐらいで改心はしまいが、このまま弱い者虐めを続ければ、次におれに会った時には面白いことになるよ」

「通せ」

男は木村から顔を背けて言った。

「なんだって？　聞こえなかったなぁ」

「通してください……」

「そうそう。和人にもアイヌにも、ものを頼むときには丁寧にな」

木村は体《たい》を開いて男を通した。

男は慌てた様子で扉を開け、デッキへ出ていった。

賢治の所から見える乗客たちの半数は笑いを堪《こら》えた顔をしていた。残り半分は無表情か渋面である。あの男のようにアイヌを毛嫌いする者は、けっこういるようだった。

「あんなことをしていると、そのうち刺されますよ」

賢治は、自分の席に戻った木村に言う。

「黙って刺されるようなヤワじゃありませんよ」

木村はにっこりと笑った。

オイタクシは木村を窘《たしな》めるでもなく、静かに目を閉じていた。

「さっきのはどうやったんです？」

賢治は木村に訊いた。

「心を読んだ」木村は賢治の顔を見てニヤリと笑う。

「と言っても信じやしないんだろうね」

「科学者の端くれですからね。あなたはあえて難しい言葉を言って、あのおじさんの感情を揺り動かした。その時の目や表情の動きを分析したんでしょ？」

賢治の言葉でオイタクシがうんざりしたように笑う。

「科学者には何人も会ったが、誰もが実験をしたがるし、証明を求める」

「それが科学ですから」

「そうかい」

オイタクシは言って、握り拳を作り、賢治の方へ差し出す。そして指をゆっくり開いた。

青白く小さい炎が、掌から三センチほど上に現れた。蠟燭《ろうそく》の灯のような、細長い涙滴形をしていた。

賢治は驚いて少し身を引いた。

「セレマカだ。イセポの」

オイタクシが答える。

賢治が眉根を寄せたので木村が通訳した。

「兎《うさぎ》の魂だ」

賢治は手を伸ばし、指を青白い炎に近づけた。

指先が触れそうになった瞬間、炎は消えた。

「どうやったんです？」

賢治は手を引っ込めて訊いた。

「漂っていた魂を捕まえて、お前の目に見えるようにした」

「今の炎はアルコールが燃える火に似てました。どこかに隠しているんじゃないですか？」

「信じる者は嘘も真実ととらえる。信じない者は真実も嘘ととらえる。信じる者は信じて終わりだが、信じない者は、実験とやらを何百回繰り返しても、ありもしない仕掛けを探そうとする。だから、お前にどうやったかを説明するのは無意味だ」

「わたしは……、神秘的な出来事を信じたいんです」

賢治はボソッと言った。だからこの旅に出たのだ。

「宗教への信仰は毒にも薬にもなるが、科学への信仰も同様だ。もう説明するのも証を見せてやるのも飽きた」

「だからわたしが使わせてもらっている」内藤が言った。

「剣の達人が見事に人を斬り殺すように、オイタクシもマチ子も自分の技を使いこなす。できるならなんの問題もない。だから、もう下らないことを訊くな。どれだけ訊いてもお前の好奇心が満たされることはない」

確かにその通りだと賢治は思った。自分が求める答えが出なければ、何度でも同じ実験を繰り返すだろう。自分が求める答えが間違っているとは考えずに。

「分かりました……」

言って、賢治は窓外の夕暮れ迫る荒野に目を向けた。

窓にはうっすらと、内藤たちの姿が映っている。

特務機関の内藤。イタコのマチ子。呪術師のオイタクシと弟子の木村。彼らはどこでどうやって知り合ったのだろう?

そういう疑問が涌き上がったが、この気まずい雰囲気の中で訊けるわけはない。

そう思ったが、賢治の好奇心はなかなか収まらず、窓に映る彼らの姿を観察し続けた。

すると、マチ子の鏡像の顔が動いて、賢治の方を向いた。そして、唇がきゅっと笑みの形に曲がる。色眼鏡の中の、盲《めしい》た目が自分を見つめているような気がした。

賢治は慌てて窓から視線を離し、天井に目を向けた。

＊　　＊

急行は九時頃に稚内に着いた。ここまで乗ってきた者の半分ほどは、稚泊《ちはく》連絡船の発着場へ向かった。木村にやり込められた男の姿もあった。男はこそこそと乗客らの列に紛れ待合室の隅の方へ向かった。

三時間ほど待って連絡船への乗船が始まり、賢治たちは霧雨の中、桟橋を走って乗船し、二等の大部屋の壁際に陣取った。客室は壁際から埋まっていき、あぶれた者は真ん中あたりに車座になったり寝転がったりした。

樺太の大泊港までおよそ八時間の航海である。

居場所が決まると賢治は「甲板に出てきます」と言って立ち上がった。パナマが霧雨に濡れると形が崩れるので、青い手拭いを一本持った。

「景色なんか見えないぞ」内藤が面倒くさそうに言う。

「旅情とやらを感じるためか？」

賢治はからかうようなその言葉に返事をせずに大部屋を出た。オイタクシが顎で合図し、木村が賢治を追った。

デッキに続く屋根のある通路の床は霧雨が降り込んで濡れていた。

賢治は手拭いで頬被りをし、手摺《てす》りに歩み寄ってポケットから鉛筆と小刀を出した。

手摺りに肘を乗せて鉛筆を削る。

ここまでの旅で、トシは幻視の中にだけしか出てこなかった。それは、過去の記憶の繰り返しであって、トシの霊との交信ではない。

今夜こそ、トシは語りかけてくれるだろうか——。

賢治を追って客室を出た木村は、壁に背をもたせかけ、軽く脚を組んで煙草に火を点けた。声をかけずに黙って賢治の後ろ姿を見つめる。

賢治はゆっくりと鉛筆を削る。

視野の端に人影が見えてそちらに顔を向ける。船燈《せんとう》の下、身投げでも心配しているのだろうか、老船員がこちらを注視していた。

賢治は鉛筆に目を戻し、丁寧に丁寧に削る。

出港準備に駆け回る船員たちの足音や声が聞こえている。

稚内の街の灯が見える。

賢治は視野の隅に動く物を見て、そちらに首を廻《めぐ》らせた。図体《ずうたい》の大きい船員が近づいて来た。顎に赤い髭を蓄えている。

「大丈夫ですか？」

船員は訊いた。

「ああ……、鉛筆を削っているだけです」

男の影で手元が見えなくなり、せっかく尖らせた芯を削り折ってしまった。

「大丈夫ですよ。港で身を投げたって、すぐに引き揚げられるでしょ。死ぬなら沖に出てからでしょう」

賢治は船員に笑って見せた。

「いえ……。具合が悪いのかと思いましてね」

この大柄な船員は、さっきの老船員から様子を見てくるように言われたのだろう。万が一のことがあれば、抱き上げて船室まで連れていけるくらい頑強な船員をよこしたのだ。

「具合は悪くありません。わたしは詩人でしてね、こうやって鉛筆を削りながら構想を練るんです」

「ああ。そうなのですか」

髭の船員の顔に、尊敬するような表情が表れ、帽子の庇《ひさし》を摘んだ。

「それでは、くれぐれもお気をつけて」

船員は立ち去った。大きな影が消えて、無惨に折れた鉛筆が露《あら》わになった。

むしゃくしゃとした気持ちが涌き上がって、賢治は思わず鉛筆を海に投げ捨てそうになったが、思い直してポケットに入れた。

手摺りに置いた腕に顎を載せる。

出港の銅鑼《どら》が鳴った。

霧はさらに濃くなって、船燈が丸い雪洞《ぼんぼり》のように滲んでいる。木村は二本目の煙草に火を点けた。

呼子《ホイッスル》が船底の方から聞こえ、上甲板からそれに応える笛の音が鳴る。連絡船はゆるゆると桟橋を離れた。

此岸《しがん》を離れる——。

賢治の心にそういう言葉が浮かんだ。

此岸を離れて彼岸へ向かう——。

トシは、生きている人間が持っている肉体や感覚を失ってしまった後、どんな体や感覚を得たのだろう。

賢治はトシが死んでからずっとそのことを考え続けていた。

世界は長い長い幻灯のようなもの。トシの死は幻灯器が入れ替わっただけであって、その生はずっと続いている。

ならば、二つの幻灯器のレンズの角度を少し変えて、スクリーンの上に重ね合わせることができれば、自分とトシの生は重なり合う。異空間ならそういうことも可能だろう。

二つの生は色と光の干渉はあっても、それぞれの生そのものに関わることはできない。

もしかすると、吹雪の日に見た黒いマントの女も、幾つかの悪夢も、その干渉であったかもしれない。

妖精琥珀は、その程度の力しかないのか。またはもっと大きなことができるのにもかかわらず、こちらを焦らすためにもったいぶって力を小出しにしているのか。

あるいは、妖精琥珀に関《じ》わったことじたいが悪い夢なのか。明日の朝目覚めればわたしは花巻の家にいて、悪い冗談のような夢の内容に苦笑いするかもしれない。

ああ——。それはトシの死に対して何度も願ったことだ。しかし、何度目覚めても、トシの死は厳然とした事実なのだった。

賢治はふと不安になって周囲を見回した。壁も濡れた床も、船燈も、霧のために紗幕《しゃまく》越しに見るような景色である。背後に木村の姿があった。口元に煙草の火が明滅している。

連絡船の中は逃げ場がない。ラスプーチンの配下が襲ってくるなら、格好の場所ではないか——?

「たぶん、大丈夫だ」木村が言った。

「こっちに逃げ場がないならあっちにも逃げ場はない。船で襲うのは得策じゃない。こっちを全滅させる自信があれば別だけどね」

「心を読んだのですか?」

「あんたは不安そうな顔で辺りを見回した。とても分かり易い反応だ」

木村は煙草を弾き飛ばす。吸い殻は火花を散らしながら手摺りを越えて海に消えた。

「寝不足だろうから今夜はぐっすり眠りな」

木村は言って歩き出す。

賢治は黙ってその後に続いた。

掠れたような男の歌声が聞こえた。一等船室の誰かが蓄音機を鳴らしているのだろう。ラッパから流れる籠もったような独特の音である。

その曲が何であるか分かって、賢治はゾッとした。

アレッサンドロ・モレスキの〈アベ　マリア〉――。

偶然だ。花巻ではモレスキの音盤《レコード》を持っているのは自分だけだろうが、日本中には何人もいるだろう。

たまたまモレスキの音盤を持って樺太へ渡る者がいただけだ――。

霧の夜の中に響くその歌声は、禍々しいものに聞こえた。

第二章　樺太　豊原市

一

小さい部屋である。窓から見える戸外は黄色みがかった灰色の夕暮れ。窓際の丸テーブルに置かれたランプの灯がガラスに映っている。

部屋の中には寝台が一つ。大きな男が横たわっていた。白いシャツと黒いズボン。靴を履いた足が寝台の外に出ている。

尖《とが》った鼻に落ちくぼんだ目。

骨張った手が胸に置かれている。

掌《てのひら》に伝わる鼓動が不規則である。速い動きが突然ゆっくりとなり、時々、長く停《と》まる。そのたびに男は手首に指を這《は》わせて脈動を探る。

不完全なのだ——。

男――、ラスプーチンはゆっくりと起きあがり、窓に近づく。

腰を屈《かが》めてガラスに顔を映し、右へ左へと首を動かす。

耳や鼻の尖端《せんたん》の血色が悪い。ランプに手をかざすと、指の色も白い。

不完全なのだ。わたしの命は〈妖精琥珀《フェーヤ インターリ》〉の力でやっと繋《つな》ぎ止められている。そのほかのことは、ほとんど叶《かな》えてくれる〈妖精琥珀〉が、わたしの蘇《よみがえ》りだけは不完全なままにしている――。

それが、〈妖精琥珀〉の駆け引きなのだ。わたしを不完全に蘇生《そせい》させることで、もう一つの〈妖精琥珀〉を手に入れさせようとしている――。

琥珀《こはく》の中にもう一匹の妖精の羽根の一部が封じられていたから、もう一匹の妖精がいることは分かっていた。

〈妖精琥珀〉が二つ揃《そろ》えばわたしの体は完全になる――。

ラスプーチンは腰を伸ばし、顎を反らすようにして目を閉じる。

近づいている。もうじき海を渡って来る――。

そのせいであろう、心拍が結滞する回数が減っている。少し前までは全身が死人《しびと》のような色をしていたが、血色の悪さも体の末端だけになった。

呼び合う〈妖精琥珀〉の邂逅《かいこう》の時は近い。

ラスプーチンは茶色に汚れた歯を剝《む》きだして笑った。

白い空に、黄色い太陽がぼんやりと透けている。真夏だというのに、まるで春先のように肌寒かった。

*　*

賢治は甲板に立ち、長旅で皺《しわ》くちゃになった上着のボタンをとめて、襟を首元で合わせた。

黒い海は先に行くにしたがって灰色に霞《かす》み、霧か海か判然としなくなる辺りに、心細いほどに薄っぺらな島影が幻のように横たわっている。

樺太だ。最果ての土地だ――。

そう思うと賢治の胸は高鳴った。

七時半に大泊港に接岸し、賢治たちはタラップを降りて、樺太に上陸した。

港は旅行鞄《かばん》を手にした旅行客や、一等船室の客の大量の荷物を運ぶ荷物運搬人《ポーター》や、貨物の荷揚げ人足、出迎えの家族、荷を待つ業者などでごった返した。

久しぶりの再会を喜ぶ人々を横目に、賢治たちは停車場に向かった。

外に見える街の景色は、函館《はこだて》や札幌のそれと変わらず、日本建築の香りがある洋風町屋が建ち並ぶ姿は、戦争の前はロシアの国土であったとは感じられなかった。

賢治の本来の目的は、農学校の生徒の就職斡旋《あっせん》である。王子製紙株式会社は豊原市にある。大泊港停車場から汽車で二時間ほどの距離であった。

樺太東海岸線の列車に乗り込んだ賢治は、革トランクを開けて生徒の履歴書や紹介状を取り出しやすい場所に移した。

一つの四人掛けに賢治と内藤、マチ子、オイタクシ。通路を挟んだ四人掛けに木村が座った。その空いた三席に、シャツにズボン姿にパナマ帽の男三人が座る。

その一人が内藤に顔を向け、

「生臭坊主は敷香《しすか》郡まで来た」

と言った。内藤の仲間のようだった。

「数は？」

内藤が訊《き》く。

「確認できたのは百五十くらいだ」

賢治の脳裏に、雪原を歩く修道士らの群の姿が蘇った。

「修道士のような格好をしている奴《やつ》らですか？」

賢治は訊いた。

内藤と話していた男は驚いたような顔をして賢治を見た。

「何だって？」

「生臭坊主たちは、修道士のような格好をしているのですかと訊いたんです」

「馬鹿か」

男は吐き捨てるように言い、賢治は少し傷ついた。

「そんな目立つ格好をするわけないじゃないか」

と男が言うので、賢治はマチ子に顔を向けた。彼女は修道士のような長い服を着たラスプーチンを幻視しているのだ。それに自分も――。

「資料の写真の印象が強くて、影響を受けていたかもしれないと言ったでしょ」

マチ子は肩を竦《すく》めた。

「話の腰を折ってすみません……」

賢治は言って、窓の縁に肘を置いて頬杖《ほおづえ》をつき、外の景色に目をやった。

「豊原には？」

内藤が訊いた。

「確認できたのは十人ほど。見つけしだい、始末しています」

〝始末〟という言葉に、窓の景色に重なって映る賢治の顔は歪《ゆが》んだ。

お前の、お前たちのせいで人が死んでいるんだぞ――。

賢治はそっと左胸のポケットの妖精琥珀に触れる。

いや、それは妖精琥珀のせいとはいえない。彼らを欲する者たちの欲望がさせた惨劇だ。なんということに巻き込まれてしまったのか――。

賢治は今さらながら己の不運を嘆いた。

いや、マチ子の弁を信じるならば、これは妖精琥珀が運命を操ったために起こったことだ。因果律を操れる存在。そんなものが存在するのか？　まるで神ではないか。神のごとき妖精琥珀は、何のためにわたしたちの因果律を操っているのか？　もし操っているのならば、妖精琥珀は望みを叶えてくれる呪物《じゅぶつ》ではない。戦争に使える物ではない。軍が操れるような物ではないし、ラスプーチンが私欲を満たすために利用できる物でもない――。

賢治は目を見開き、うっすらと窓に映る自分の顔を見た。

わたしも内藤たちも、ラスプーチンとその配下も、妖精琥珀の思惑通りに動かされながらも、自らの意思で行動していると思っている。悪夢や偶然を装った出来事や、啓示のようなもので、なんらかの結末に導かれているのにまるで気づいていない。

わたし自身は今気がついたが、どうすることもできない。

生徒の就職を依頼しに行くという大事な仕事をほっぽりだして花巻に帰れば、妖精琥珀の思惑を挫《くじ》くことはできようが……。王子製紙までは必ず行かなければならないのだ。

用事が終わったらとんぼ返りをしようにも、内藤たちがそうはさせまい。ラスプーチンが現れるまでわたしは拘束される。

わたしたちは蜘蛛《くも》の巣に捕らわれた羽虫。いや、巣に餌がかかったと思いこんだ蜘蛛かもしれない。

自分がいる巣は餌であるはずの妖精琥珀が張ったものなのだが、いずれも自分の巣だと思いこんで妖精琥珀が発する振動を餌のものだと思いこみ、引き寄せられ、気がつくといつの間にか対峙《たいじ》している。

その後、妖精琥珀はなにをするつもりなのだ――？

犬猫は人間の意思を理解できない。同様に、人間は神のごときものの意思を理解できない。ならば、操られるままに突き進むしかないのか――。

そうしなければならないとは思うが、理由も分からず操られることに不安しか感じない。

解決がつかないことを考え続けるのを脳は拒否して、賢治の意識は異郷の景色を眺めることに集中しだす。

街が切れて田園地帯になると、日本的な景色になる。茅葺《かやぶ》きの農家が田畑の中に点在しているのだ。背後の里山に雑木林ではなく針葉樹が聳《そび》えているのがちぐはぐに感じられた。

樺太は極寒であると聞く。花巻も寒く、雪が降るが、北の最果ては北海道よりさらに寒かろうに、防寒対策がなされているとは思えない外観である。さすがに暖をとるのは囲炉裏ではなくストーブらしく、外壁に丸い穴の空いたブリキが張りつけてある。寒い季節になったら、そこに煙突が通されるのだ。花巻でもよく見る景色である。

しかし、花巻でもそれでは完全な防寒方法ではないのに、樺太の冬を耐えられるのだろうか。耐えているから住んでいるのだろうけれど、悪い風邪でも流行《はや》れば倒れる者が続出するだろう――。

賢治は日本古来の農家の建物にどのような工夫をすれば暖かく過ごすことができるかを考え始めた。人知を超えた物について考えるよりも、摑《つか》み所《どころ》はあった。ああでもない、こうでもないと考えるうちに、列車は豊原停車場に着いた。

豊原市もやはり、北海道の大都市と同じような景色であったが、製紙工場の煙突から白や濃い灰色の煙が立ち上り、パルプを製造する過程で発生する、異臭が漂っていた。放屁《ほうひ》の後の臭いに似ていて、住民は不快に感じないのだろうかと思ったが、自身の体験に照らし合わせ、『住民は馴《な》れているのだ』と納得したのだった。

自身の体験とは、牧場で東京から来た者から言われた言葉である。

『こんな臭い、よく耐えられるね』

東京の人は顔をしかめて鼻と口をハンカチで覆ったのだった。

賢治の家は商家であるから牛馬を飼ってはいないが、家畜と共にくらす家は沢山あった。賢治はそういう家に出入りしているから、家畜の糞尿《ふんにょう》の臭いをなんとも思わなかったし、その中で食事もした。

製紙工場が発する臭いも、きっと今日明日には馴れて気にもならなくなるだろうと賢治は思った。

停車場の外へ出ると、碁盤の目状の都市計画で造られた街独特の、一点透視の景色が広がっていた。西洋風の建物が多い。東西には青みがかった山脈が走っていて、花巻を思い出した。岩手も西に奥羽山脈、東に北上《きたかみ》山地が横たわっている。

「まずは宿を決めて荷物を置いてから王子製紙に向かおうと思います」

賢治は内藤に言った。

「宿のあてはあるのか？」

「初めての土地で不案内ですから」

「だったら、ついてこい」

内藤は大きな通りを横断して、路地に入った。大きな社屋が並ぶ表通りから三本ほど裏にはいると、洋風町屋が並ぶ住宅街になった。

その中に、二階建てで下見板張りの壁の大きな建物があった。賢治は東京で見た洋風の高級下宿屋を思いだした。

玄関を入ると板敷のロビーで、奥に受付があった。中に立っていた男が会釈をする。髪を油でオールバックに撫《な》でつけた若い男である。鼻筋の通ったいい男であった。

内藤は受付に歩み寄って男と一言二言話すと、鍵を四つ受け取って戻ってきた。

賢治とマチ子、木村に鍵を渡し、一つは自分の胸ポケットに差した。

「十分後にここで待ち合わせだ」

内藤は賢治たちを見回す。

「三十分ください」

賢治は言った。

「なぜだ？」

「背広が皺くちゃなんです。火熨斗《ひのし》を借りて皺を伸ばします。人に会うのにこの格好じゃ失礼です」

「麻の生地はすぐに皺になるし、相手はお前が長旅の後という事情を知っているわけだから、そのままでも失礼ではなかろう」

「会うのは一つ上の先輩で、こちらは頼み事をする立場です」

賢治が言うと内藤は、「それじゃあ、三十分後に」と言って受付脇の階段を二階に上っていった。

マチ子は右側の廊下へ歩き、木村とオイタクシはそれに続いた。

いずれも何度かこの宿を使っているようだったが、賢治は初めてであったから、戸惑った顔で鍵にぶら下がる札を見た。〈二〇二番〉とある。

途方に暮れて受付の男を見ると、「二階でございます。すぐに火熨斗と台を持って上がります」と言った。

賢治は恥ずかしくなり、お辞儀をしてそそくさと階段を上る。〈二〇二番〉という真鍮《しんちゅう》板が打ちつけられた扉を見つけ、中に入った。

八畳ほどの部屋で、寝台と机、箪笥《たんす》、小さな洗面台がついている。寝台の横の壁には呼び鈴の紐《ひも》が下がっていた。

賢治は寝台の上にトランクを置き、着替えを取りだして箪笥の引き出しに入れた。

ノックの音がして、扉を開けると受付の男が中に炭を入れる型の西洋式の火熨斗——現代のアイロンに似た形で、上部に煙突がついている——と、脚つきの火熨斗台を持って立っていた。

「殿山《とのやま》と申します。よろしくお願いします」

殿山は愛想よく微笑《ほほえ》んだ。

「当て布はございますか？」

殿山が訊く。

賢治は答える。

「手拭いを持ってきています」

殿山は、「使い終わったら廊下に出しておいていただければ助かります」と言って出ていった。

賢治は手早く背広の皺をのばし、シャツとネクタイを取り替え、依頼の書類袋を小脇に抱えて階下へ下りた。

ロビーに下りて驚いた。内藤もマチ子も、オイタクシ、木村も、皺一つない服に着替えていたのだ。

「着替え、どうしたんですか？」

「あらかじめ送っておいた」

内藤が答えた。

「それじゃあ、わたしだけ皺くちゃの背広を着せて出かけようと思っていたんですか？」

賢治は内藤を睨《にら》む。

「分相応でいいんじゃないかと思ってな」

内藤は馬鹿にしたように笑った。

賢治は怒ってロビーを横切り、外に出た。

「不案内な土地だろ。場所は分かるのか？」

後ろから内藤の声がした。

「煙突が見えますから、方向は分かります」

賢治は言うと、入り口の短い階段を駆け下りた。

＊　　＊

貧血を起こした時の視野のように、周囲が黒い霧のようなものに縁取られている。

その景色の中に若い男の姿があった。のっぺりした顔だから東洋人であろう。〈妖精琥珀《フェーヤインターリ》〉の気配を強く感じる。

ラスプーチンは立ち止まって目を閉じた。

腕を広げて、降り注いでくるイメージを全身で受けとめようとした。

百人余りの従者たちは立ち止まってその様子をじっと見つめた。

夏草が揺れる荒野である。青い山並みが見えている。丘の頂に、黒衣のラスプーチンは佇《たたず》む。水色の空に雲が速い。

この男に不幸が訪れますように——。

この男が死ねば、〈妖精琥珀〉は我が手に——。

＊　＊

宿を後にして停車場前の大きな通りに出ると、賢治は洋風の大きな建物の屋根の向こうにのぞく煙突を目指して歩いた。

線路沿いの道は丁字の行き止まりになって、賢治は右に曲がる。まっすぐ進むと陸軍の駐屯地があった。煉瓦《れんが》塀の向こうに煙突が見えたので煉瓦塀に沿って北へ進む。豊原神社の敷地と駐屯地の間の道に、王子製紙の看板があり、矢印がその道を進むよう指示していた。

右に曲がりながら後ろを確認する。内藤たちは十メートルほどの間隔を空けてついてきていた。

そこまで意地を張って後ろを見ていなかったから、少し不安を感じていたのだが、内藤たちの姿を見て賢治はホッとした。

左手に玉川《たまがわ》にかかる橋が見え、段丘の上に王子製紙の建物はあった。その向こうはなだらかな山並みで、輝く空に夏雲が浮いていた。

数本の煙突が並んで立つコンクリート造りの大きな建物が印象的で、周囲には水道塔であろうか浅草凌雲閣《あさくさりょううんかく》にも似た塔や、独立して立っているように見える二本の煙突があった。丸太の山が列をなす貯木場があり、敷地の西側には貨物列車の引き込み線が通っている。

敷地の右手に、社宅が整然と並び、手前が幹部社員のものとおぼしき大きな家、奥に長屋形式の家々が整然と並んでいる。公園や商店、風呂屋らしい煙突の立つ建物、テニスコートまであって、まるで小さな町のような規模であった。

地元花巻に、これほど立派な職場はない。遥《はる》か北の果てという場所ではあるが、こんな所で働けるなら文句はあるまいと賢治は思った。

賢治たちは橋を渡って塀沿いを少し歩き、守衛本部の建物に入って、訪問の趣旨を伝えた。

守衛たちは賢治が連れている四人の姿を奇異に思ったようで、何者であるか質問して来たが、内藤が代表者の側《そば》によって何か囁《ささや》くと、すぐに少し離れた事務所に案内され、応接室に通された。

外国製らしい革張りの肘掛け椅子や長椅子が置かれた部屋で、壁際の飾り棚の上にはいかにも高そうな壺《つぼ》や陶磁器が並び、壁に欧州の景色であろう風景画がかかっていた。

給仕が茶を運んできて、少しして、髪を綺麗《きれい》に撫でつけた背広姿の男が現れた。細越健であった。

「宮澤くん。久しぶりだね」

細越は内藤らに一礼した後、賢治と握手した。

「我々のことは気にしないでくれ」内藤が言う。

「旅で宮澤さんと一緒になり、後学のためについてきているだけだから」

「みなさんがいらした後で、軍からくれぐれもよろしくと連絡が入ったようです」

細越は言いながら椅子に座った。

守衛本部が川向こうの陸軍駐屯地に内藤の身元を照会したのだなと賢治は思った。ともかく、怪しまれずに本来の目的は遂行できそうだと安堵《あんど》した。

「それで、手紙にも書きましたが、二人の生徒の就職をお願いしたいのです」

賢治は書類袋を細越に渡した。

細越は書類を出して、しばらく無言で目を通し、

「少々問題のある子のようだけど、もう大丈夫なのかい？」

「はい。改心しています。けれど、花巻では周囲の目が……」

「なるほど、分かった。人事の方に回しておこう。まず大丈夫だと思う」細越は書類をしまい、賢治たちを見回す。

「工場の見学をなさいませんか？」

「是非とも」

内藤は言ったが、興味はなさそうだった。

それから細越の案内で工場内を見て回った。その間中、賢治と細越は故郷の話に夢中になった。もっぱら細越が花巻や盛岡のことなどを聞きたがり、時折昔話が混じった。その間、内藤と木村が立ち位置を変えながら、周囲に注意を配っていた。建物や丸太の陰など、敵が身を潜められる場所はどこにでもあった。マチ子とオイタクシは賢治の少し後ろ、左右をのんびりとした表情で歩きながら気配を探っていた。

突然、耳鳴りのような音が聞こえた。

いや、耳鳴りではない。小さいプロペラが回るような羽音——。

視界がグニャリと曲がった。

眼前に現れたのは、崩れかけたコンクリートの建物だった。コンクリートが割れて落ちた壁面に、錆《さ》びた鉄骨が剝き出しになっている。

途中から折れた煙突。所々銀色の塗装が残っている赤褐色に錆びた太いパイプ。

地面のコンクリートもひび割れて、長い夏草が伸びている。

周囲に人影はない。

内藤たちはどこへ行った——？

少し先に見えている建物は、王子製紙の工場に似ている。ということは、ここは王子製紙の廃墟《はいきょ》？　百年、二百年先の景色を見ているのか？　ただの幻か？

幻にしては空気の暑さも、草や錆《さび》のにおいのする空気も、遠くから聞こえる蟬《せみ》の声も現実味を帯びている。本格的に異世界に落ちたか？

こいつのせいか——？

賢治はシャツの左胸のポケットに触れた。

琥珀が熱を持っているのか、体温や外気を吸収したのか、そこはずいぶん熱く感じた。

もし、体ごと未来に飛んでしまったとしたら、下手《へた》に動き回るのは危ない。この場所がおそらく過去に繋がっているんだろうから、ここから動けば帰れなくなるかもしれない。

『誰かいませんか』

声を出そうとしたが、唇が動かない。

ああ、悪夢の中と同じだ。だとすればこれは幻視——。

「宮澤」

大きな声が聞こえて、賢治は思わず目を閉じ耳を塞いでしゃがみ込んだ。

「宮澤」

肩を揺すられた。ゆっくりと開いた視野に、黒い革靴が見えた。よく磨かれた尖端が、夏の陽《ひ》を反射していた。

「大丈夫か？」

内藤の声だった。

「大丈夫です……」言いながら賢治は立ち上がった。

「脳貧血です」

細越が心配そうに歩み寄ってきて、「事務所で休むかい？」と訊いた。

「大丈夫。見学を続けましょう」

「脳貧血にしては、顔色は悪くないね。よくあるのかい？」

「たまに」

賢治は笑みを浮かべて見せた。

「別の病気が隠れてるかもしれないから、花巻へ戻ったら病院へ行きたまえ」

「ええ。そうします」

賢治は言い、先へ進もうと手で促した。

二時間ほど工場内を歩いた後、

「花巻へ帰る前に一度寄ってくれたまえ。杯を酌み交わそう」

と細越が言い、賢治は「必ず」と言って王子製紙を辞した。

宿に戻る道すがら内藤が、

「さて、仕事は終わったのだから、こちらの協力に本腰を入れてもらおうか」

と賢治の肩を叩《たた》いた。

＊　＊

宿には会議室のような広間があった。長いテーブルの周囲を四十脚ほどの椅子が囲んだ部屋である。

テーブルの短い辺の椅子に内藤と賢治が座り、マチ子とオイタクシ、木村は少し間を空けて左右の席に腰を下ろした。

「八月十日には樺太を出るつもりですからそれまでに何とかしてくださいね」賢治は内藤に顔を向ける。

「今日は八月三日ですから、一週間です」

「まぁ、ラスプーチンの出方しだいだな。長引くようなら、軍の方から農学校へ連絡を入れてやる」

「ふしだらな行いがあったから拘束しているとか」

マチ子がクスクスと笑う。

「とんでもない！　そんな嘘《うそ》はやめてください。不都合なく学校の仕事に復帰できるような話にしてくださいよ」

賢治は膨れっ面をする。

そこに、十人ほどの男たちがぞろぞろと入って来た。背広姿もいれば、白の麻ズボンにシャツだけの者。乗馬ズボンに肌着だけの日に焼けた男。前掛けをした商人風の中年男など、服装は様々であった。

それぞれ内藤に会釈して椅子に座る。

いずれも賢治に一瞥《いちべつ》をくれると興味なさそうに目を逸《そ》らした。

「どこまで来た？」

内藤が訊くと、乗馬ズボンが、

「元泊《もとどまり》辺りまで下ってきたようです。明日には栄浜《さかえはま》郡に入るものと思われます」

栄浜郡は豊原市の北側に位置する郡である。

馬喰《ばくろう》風の格好には似つかわしくないきびきびとした言葉遣いで答えた。

「宮澤の仕事はさっき終わったから、明日からこちらの仕事を優先させる」

内藤の言葉に、男たちの目が一斉に賢治に向く。賢治はおどおどと頭を下げたが、男たちは返しもせず、内藤に視線を向ける。

「明日は栄浜まで行く」

内藤は言った。

「市街戦ですか？」

男たちの一人が訊く。

「いえ」と答えたのはマチ子だった。

「〈妖精琥珀《フエーヤ インターリ》〉を近づけて、ラスプーチンに目的の物は近くだと知らせるの。そして、人気のない場所におびき寄せる」

「わたしはまさに餌ってわけだ」

賢治がボソッと言う。

「餌は〈妖精琥珀〉よ。あなたは餌にもならないわ」耳聡《みみざと》くマチ子が言う。

「あなたはこちらの命令通りほっつき歩けばいいの。右と言われたら右。戻ってこいと言われたら戻ってくるのよ」

「まるで犬じゃないですか」

賢治が抗議すると、男たちが忍び笑いを漏らす。

「なんの訓練も受けていない一般人なんだから仕方ないだろう」

内藤が言った。

賢治はムッとした。そして上着のポケットに入れていた拳銃を取りだしてテーブルの上に乱暴に置いて、隣の内藤に滑らせた。

「だったら、訓練も受けたことのない者にこんな物騒な代物を預けないでください」

「持っておけ」内藤は賢治の前に拳銃を戻す。

「万が一、向こうに捕まった時に使え」

「だから、わたしは撃ったこともない。敵に当たるはずないでしょう」

「違う」

内藤は戻した拳銃を取り上げ、賢治のこめかみに押し当てた。

咄嗟《とっさ》のことに、賢治の体は凍りついた。

「こうやって使うんだよ。〈妖精琥珀〉を奪った後、お前をそのまま帰すとは思えない。下手をすると酷《むご》いいたぶられ方をするかもしれない。そうなる前にひと思いに命を絶つんだよ」

内藤は拳銃を賢治の前に置いた。

「内藤さん」木村が微笑を浮かべながら言う。

「素人《しろうと》さんをあまり虐《いじ》めるもんじゃないよ。怯《おび》えすぎると何をやらかすかわかったもんじゃない」

「そうだな」内藤は言ってテーブルの上の拳銃を取り上げ、賢治の上着のポケットに滑り込ませた。

「危ないと思ったら使えばいい。どうせ自決なんかできやしないだろうしな」

賢治は震えているのを気づかれないように体に力を入れ、精一杯内藤を睨んだ。

内藤は明日の朝の待ち合わせ時間を告げ、男たちは椅子を立って部屋を出ていった。

「さて、今日はゆっくり休んでおけ」

言って内藤は立ち上がる。マチ子、オイタクシ、木村はそれに続き部屋を出ていった。

賢治の中に怒りが膨れあがった。ポケットから拳銃を出して、内藤たちが去った扉に銃口を向けた。

しかし、すぐに冷静に戻り、自分がした行動を恥じた。

そそくさと拳銃をポケットにしまった。

近くにトシの気配を感じたからだった。

「二度としないよ……」

そう呟《つぶや》くと賢治は部屋の中を見回す。だがトシの姿はない。そっと左胸のポケットに手を触れる。

しかし、なんの変化も感じられなかった。

自分の都合のいい時にだけ妖精琥珀に頼ろうとする――。

賢治は苦笑を浮かべたがすぐに引っ込めた。

それは妖精琥珀も内藤たちも同じじゃないか。世の中、自分のようなお人好《ひとよ》しがいつも損をするようにできているのだ。

賢治はトボトボと部屋を出て自室に戻った。

二

翌日の朝、賢治たちは樺太東海岸線に乗って、栄浜へ向かった。客車の中には昨日の会議で顔を見かけた者も何人かいたが、みな知らん顔だった。

賢治は朝食の時から無言である。昨日の会議に腹が立っていたこともあるし、戦いになれば何の役にも立たないという現実に落ち込んでいたこともある。

内藤は賢治の前に座り、煙草《たばこ》を吹かしている。煙は窓からの風にすぐに吹き飛ばされた。灰が風で折れて、内藤のシャツに落ちる。舌打ちをして払い落とした。

「銃撃戦になったら」賢治は言った。

「流れ弾《だま》が妖精琥珀に当たるかもしれませんよ」

「それは向こうも同じだ。お前やラスプーチンに当たらないよう、お互いに用心する。銃を使わない者もいるだろう。あくまでも〈妖精琥珀《フェーヤ インターリ》〉を手に入れることが目的だからな」

「拳で戦うのですか?」

賢治が言うと内藤は刃物を持つ手つきをして、喉元を真一文字に移動させた。

「意識を失うまでにほんの少し時間がかかるから、痛いぞ。敵は必死で喉の出血を止めようとするお前を放り出し、血まみれの〈妖精琥珀〉を持ち去る」

賢治は思わず喉元を押さえた。

「内藤さん」

木村がたしなめる。

内藤は肩を竦め、マチ子はケタケタと笑った。

賢治は口中に湧いてくる唾を飲み込みながら窓外に目を向ける。柳が夏風に吹かれながら後方に飛び去る。その奥の白樺《しらかば》の林はゆっくりと流れて行く。線路の赤砂利の向こうは草原で、背の高いセリ科の植物、エゾニュウの花が、白い花を笠《かさ》状に咲かせている。所々に黒い木の柵が並んでいる。

山地の中には、山一つ落葉松《からまつ》がすっかり茶色に枯れてしまっているところもあった。マツカレハという蛾《が》の幼虫の食害であった。大正十一年（一九二二）には、樺太庁臨時森林作業所が置かれ、官行斫伐《しゃくばつ》が強化推進されていた。

幾つかの集落、停車場を過ぎて、落合《おちあい》停車場を出ると、次が栄浜であった。

郡の中心部は少し内陸に入った落合町であるから、賢治は寒村をイメージしていた。

しかし、栄浜は貨物船が入る港で、栄浜海岸線という支線が港と停車場を繋いでいる。

停車場前は結構賑《にぎ》わっていた。

「浜に出て」

マチ子が言った。

木村が先に立ち、家々の間を通って賢治たちを導いた。

背の高い葦《あし》の間の踏み分け道を進むと波音が聞こえてきた。打ち上げられた海藻が放つ、磯臭《いそくさ》いにおいも漂ってくる。

突然視界が開け、砂浜が現れた。右手にコンクリートの桟橋と貨物船が見えた。

賢治は波打ち際まで歩く。

雲が割れて水色の空が見えた。

ああ、あそこにトシはいるのかもしれない――。

そう思った瞬間、ドキンッと一つ、心臓が強く鼓動した。

トシが波打ち際にしゃがんでいた。

夕陽がキラキラと海面を照らしている。

そんなはずはない。さっき時計を見た時には十一時十五分だった。

幻視だ。いや、過去の記憶か――。

波は静かである。寄せた波は布のようになってトシの足元近くまで来るが静かに引いていく。砂が鏡になり、すぐに焦げ茶色に変化する。

賢治はトシの背後に歩み寄る。

悪戯《いたずら》っぽい笑みを浮かべてトシが振り返った。

足元に、細い流木を使って文字が組まれていた。

ＨＥＬＬ《ヘル》
地獄――。

不吉な言葉に眉をひそめた。

いや、もしかすると粗末な斜文織物のＨＥＬＬかもしれない――。

賢治はトシの横に並んでしゃがみ流木を、
ＬＯＶＥ　＋

愛と十字架に置き換えた。

大きな波が来て、レースのカーテンのようになって押し寄せたそれは、流木をさらって行った。

崩れたＬＯＶＥと十字架は海の上でバラバラになり、再び集まってＨＥＬＬの文字を描いた。

賢治はハッとした顔で立ち上がりそれを見つめたが、すぐに文字は崩れて、意味を失った細い流木たちは沖へ沖へと運ばれていった。

空に三羽の鳥が現れ、二人の頭上を舞い、悲しく啼《な》く。何か不吉な知らせを持ってきたのではないかと、賢治は空を仰いで不安になった。

賢治はトシに目を移した。

しゃがんでいるトシは砂をじっと見つめていた。

「トシ？」

賢治が声をかけた途端、トシの周囲の砂が蠢《うごめ》いた。無数の真っ黒い船虫が現れて、トシの体に取りつき、這い登る。あっという間にトシの首の辺りまで船虫に被《おお》われた。

賢治は悲鳴を上げて船虫を払い落とすが、トシは表情を失ったまま、砂を見つめている。その頬にも船虫は這い上がる。

船虫は払っても払っても砂の中から這い出してトシの上を登る。

よく見ると、それは船虫に似て非なるもので、体側から生えているのは蟹《かに》のような頑丈な脚だった。その爪をトシの服に肌に突き立てて、賢治の攻撃に耐えているのだ。

ついに、目の前にはしゃがんだトシの形の船虫の塊ができあがり、賢治は絶叫した。

船虫の塊が伸び上がる。トシが立ったのかと思えたが、それはトシの背丈を超して高くなり、異国の蟻塚《ありづか》のような形になった。

トシではない――。

賢治は後ずさった。

二メートルほどの高さになった船虫は青白い光を放ったかと思うと、背の高い黒衣の男に変じた。

男から冷たい風が吹いてきた。

腐臭にも似た強烈な臭いがする。ラスプーチンは風呂にも入らない不潔な男だと聞いたことがある。

黒い衣の帽頭巾《フード》を被《かぶ》った男は、金壺眼《かなつぼまなこ》を賢治に向けている。帽頭巾の脇からは長い髪がはみ出し、尖った鼻から下は長い髭《ひげ》に被われている。

男は何をするでもなくじっと佇んでいる。

逃げたくても、賢治の脚は動かない。賢治は死の恐怖を覚えた。

異空間での死は、現実世界での死でもあるのだろうか——？

左胸が熱くなった。

目だけを動かして見ると、麻の上着の左胸が黄昏《たそがれ》の色を透かす磨《す》りガラスのように黄褐色に光っている。そこを中心に灼熱《しゃくねつ》感が全身に広がった。

グイッと左腕を摑まれた。

そこから清涼感が灼熱感を駆逐して行く。黒衣の男の姿は消え、夏の光が降り注ぐ砂浜と海が蘇った。

左を見ると、オイタクシが腕を摑んで立っていた。

オイタクシは賢治を見上げて小さく肯《うなず》くと踵《きびす》を返す。賢治は後ろを振り向いた。

葦原を出た所から百メートルほども、足跡が続いていた。いつの間にかこんなに歩いていたのだと賢治は驚いた。

賢治が歩き始めた辺りに内藤たちが立っていて、オイタクシはそちらに向かって歩いている。

賢治は左胸を見る。黄褐色の光は消えていた。幻視の中の出来事であったから、実際には光っていなかったのかもしれない。しかし、あの熱さも、トシの体や船虫の化け物の感触もはっきりと残っている。

二つの世界の重なり合いがより密になって来たからなのか。とすれば、いずれ二つの世界は完全に重なり合うのか――。

トシのいる世界――。

トシの死を受け入れがたくいるのは、その死を強く認識しているからのことだ。そんな自分が、果たして生きているトシを受け入れることができるだろうか？

臨終を看取《みと》ったという現実と、生きているトシに対する思いにどう折り合いをつけるのだろう。それに、その世界に今生きているトシにも死は訪れる。わたしは二度、トシの死を体験することになるのだ。

いやいや。それはトシがわたしより先に死ぬということを前提にした考えだ。だが、もしわたしが先に死ぬことになれば、トシに余計な悲しみを与えることになる。

グイッと体を後ろに引っ張られたような気がして、賢治はよろめいた。

ラスプーチンに妖精琥珀を与えてしまうという選択――。

それはできない。わたしとトシの悲しみは、完全に閉じているが、ラスプーチンが与えるであろう悲しみや苦しみや恐怖は開いていて、どこまでも広がっていくだろう――。

賢治は急ぎ足で内藤たちの元へ戻った。

「奴に触れたか？」

内藤が訊いた。

「たぶん」

賢治は答えた。頭がぼんやりとしていた。そのせいかどうか、もう脳貧血だと誤魔化すのは面倒になっていた。

「〈妖精琥珀《フェーヤインターリ》〉を通して宮澤を取り込もうとしたようよ」

マチ子が言う。オイタクシが小さく肯いた。

「取り込まれたら厄介だ。ちゃんと守れよ。三人で大丈夫か？」

内藤は少し心配げな表情を浮かべた。

「こっちは大丈夫だけど」木村が言う。

「兵隊の方が心配だね」

「ラスプーチンに操られるというのか？」

「いや。宮澤さんは〈妖精琥珀〉を持っているから引っ張れたのであって、いかなるラスプーチンといえども、うんと遠くから人を操ることなんてできやしないよ」

「しかし、催眠術を使うという情報が入っている」

「催眠術だって、面と向かわなきゃ使えないよ」マチ子が言う。

「だけど、問題は確かに催眠術だね。向こうの兵隊は、催眠術で恐怖心を消されているだろう。もしかすると、苦痛も感じないように術を掛けられているかもしれない。とすれば、普通の兵よりも何倍かの力を発揮すると考えておいた方がいいね。鉄砲を使わないなんて悠長なことは言っていられないよ」

「アメリカに――」木村が言う。

「欧州人が上陸して、西に向かって土地を広げる過程で原住民との戦いがあった。最初、三十八口径の銃で戦っていたけれど、原住民は何発撃たれても立ち向かってきた。欧州人は慌てて殺傷力の大きい四十五口径を投入したという話を聞いたことがある」

「それがどうした？」

　内藤は話の結末が見えず、苛々《いらいら》と言った。

「原住民たちの生命力が強かったのか、あるいは薬草かなにかの効能でそうなっていたのかは分からないけど、ラスプーチンの兵隊はこちらの認識を上回る力があるという前提で戦い方を考えなきゃならないだろうって話だよ。アメリカでの出来事とは違い、我々の場合、三十八口径が駄目だからと四十五口径を用意する暇はないと考えた方がいいよ」

「回りくどい言い方をするな」内藤は不機嫌に言う。

「つまり、最初から強力な武器を用意しておいた方がいいということか」内藤は腕組みした。

「騒ぎにならないようにしたかったんだがな」

「こちらは事を小さくおさめようとする――」オイタクシが嗄《しやが》れた声で言った。

「向こうは何の忖度《そんたく》もなく攻めてくる。どちらが強い？」

「向こうだろうな」

内藤はしかめっ面をする。

「日本の本土だったら現実味がない話になるけどここは樺太」マチ子が言った。

「北はロシア領よ。匪賊《ひぞく》が北から攻めてきたってことにすれば、派手にドンパチやっても誰も疑わないいんじゃない？　あらかじめ、匪賊が侵入する恐れありとして外出を禁止しておけば、民衆への被害も少なくすむでしょ」

「渋るのは、騒ぎが大きくなれば出世に影響するとか？」

木村が意地悪く笑う。

「馬鹿を言うな」

「向こうはモ式大型拳銃を使ったそうじゃないか。せめて対抗できる武器を用意しなければこっちの死人が増えるよ」

「お前に言われるまでもなく、用意はしてある」

「ならば使おうよ。ちゃんと守ってもらえなきゃ、こっちの仕事ができない。内藤さんにとっちゃ、手駒の一つでしょうが、一人でも欠ければ成功は危うくなるんだよ」

「戻ったら、配給する」

内藤はぶっきらぼうに言った。

「できれば、おれにも何か一挺《ちょう》分けてよ。宮澤さんだって持ってるんだから。おれは訓練できてるから、しっかりしたやつをね」

「宿に戻ってからだ」

内藤は言って、葦原の踏み分け道に向かった。

賢治はマチ子に促されて歩き出す。内藤たちの話は聞こえていたが、頭がまったく働かず、内容を把握していなかった。

三

翌日、内藤たちは主だった配下を集め広間でラスプーチンに対する罠《わな》について話をしていた。賢治も同席させられたが、発言は許されなかった。

たとえ許されたとしても、ろくな案をだせる状態ではなかった。海岸で幻視を見てから、思考がうまくまとまらない。

だが、ぼんやりとしているにもかかわらず、研ぎ澄まされた意識が頭の上辺りから成り行きを見守っているような感覚があった。

これが離人感というのだろうか――。

木村がすぐにでもラスプーチンらを包囲して殲滅《せんめつ》すべきと過激な発言をしたが、ほとんどの者たちは市街戦は避けるべきと主張した。結局、豊原市の東、鈴谷岳《すずやだけ》の山麓辺りに陣地を設営して敵を誘《おび》き出すことになった。それは以前から決まっていた作戦らしかった。

ラスプーチンらが罠にかかったら、軍の演習と称して周辺を立入禁止とし、兵で包囲する作戦である。

ラスプーチンは軍人ではないから、作戦などまるで考えず押してくる。今までの小競り合いから内藤はそう判断したらしい。しかし、いくら作戦に疎いとはいえ、こちらの守備が厳重であれば用心してしまう。どの程度の守りにするか、ああでもないこうでもないと話し合いは長引いた。

結局、内藤の配下二百人と、軍の二個小隊百人を周囲に配置することに決めた。

次は宿を引き払うのをいつにするかである。まず野営地を設営しなければならないということで、今日中に内藤の配下が現地に向かうことに決まった。

移動は明日早朝。木村は内藤の決断が遅いことを遠回しになじった。内藤はそれを無視した。

組織ではありがちなことと、賢治の冷静な部分は思った。

たいていの中間管理職は保守的である。強い指導力を示せば、さらに上の者から危険視される。大きな賭けに出て失敗すれば、降格させられる。畢竟《ひっきょう》、保守的にならざるを得ない。様子を見ることが習い性となって、時に判断が遅れる。

自分の父親もそうである。せっかく持ちかけた人造宝石の商売を断った。

まぁ、花巻では豪商のうちであろうが、地方のしがない商人であるから仕方はあるまい。だが、昨今は政治家たちも選挙の票を気にして中間管理職的になっているから情けない――。

賢治の頭の上に抜け出した意識は辛辣であった。

おおよその打ち合わせが終わり、散会となったのは夕方であった。

賢治は市内の巡回に出るというマチ子とオイタクシ、木村と共に、内藤の運転する自動車に乗った。賢治は後部座席の真ん中。右がマチ子、左が木村である。オイタクシは助手席に座った。

「〈妖精琥珀《フェーヤインターリ》〉を手に持っていろ」

車を出しながら、内藤が言った。

「ああ――」賢治は眠そうな声で言った。

「連中の首飾りに感応するのを見るんですね。つまりわたしは探知機ですか」

「そういうことだ。光ったら知らせろ」

内藤はパッカードを出した。

車の揺れが妖精琥珀も揺らす。

胸が締めつけられるような感覚がして、賢治は封じられた妖精の顔から目を逸らす。

琥珀は外光を取り入れて黄色に、褐色に輝いたが、自ら光を放ってはいない。

揺れる光を見ているうちに、賢治の意識は遠くなった。

海岸の景色が見えた。昨日の、栄浜の波打ち際だ。

しゃがみ込んでいる人の後ろ姿が見えた。黒い背広を着た男だ。ツバの広い黒い帽子を被っている。長い髪を後頭部で紅《あか》いリボンで結んでいた。

視線は男の横に回り込む。

長い髭、尖った鼻。金壺眼――。

ラスプーチンだ。しかし、修道士の服装ではない。

これは幻視というよりも、今のラスプーチンを見ているのかもしれない――。

ラスプーチンの足元には細い枝が積み上げられている。二十本ほどあるだろうか。ラスプーチンはそれを一本ずつ摘《つま》んで、砂の上に並べている。

文字を作っているのだ。

すでに完成している文字列が見えた。

ＨＥＬＬ
賢治は背筋に悪寒を感じた。けれど、浜辺の景色は消えない。

ラスプーチンは一本の枝を置いて、もう一つの文字列を完成させた。

ＬＯＶＥ　＋

最後の一本は十字架の横棒だった。

ラスプーチンは、昨日のわたしの幻視を覗《のぞ》き見ていたのか？　あるいは、わたしの過去に繋がることができるのか——？

ラスプーチンはゆっくりと立ち上がる。

賢治の視点にぐっと近寄る。視野の中はラスプーチンの顔で占められた。皮膚は青黒く乾いて、所々、皮が剝けていた。

異臭が漂った。

「Ora Orade Shitori egumo」

片言の日本語のようだった。ラスプーチンはニッと笑った。

ラスプーチンが何と言ったのか分かった時、トシと自分の想い出《おもいで》を汚《けが》されたと思った。怒鳴ろうとした瞬間、すっとラスプーチンが消えた。運転席と助手席に座る内藤とオイタクシの後ろ姿。その間から茜《あかね》に染まる街の景色が見えた。

腕を、マチ子と木村が摑んでいた。どうやら二人が引き戻してくれたらしい。

「お帰り」

木村が微笑みながら言った。

「わたしは、叫びましたか？」

「いいえ。嫌なものを見た？」

マチ子が訊く。

「異空間の中でラスプーチンが、わたしの想い出をなぞっていました……」

「そんなことまでできるんだ」

マチ子がホルダーに煙草を差してくわえた。木村が燐寸《マッチ》で火をつけてやる。

「〈妖精琥珀《フェーヤ インターリ》〉、欲しくなってきたわ」

「敵に回るか？」

内藤が訊く。

「まさか。でも、二つ揃ったら使わせて。面白そうだわ」

「ああ。実験班に加えてやる。オイタクシや木村はどうする？」

「おれは御免こうむるよ」

木村が言った。

「小さい器に、無理やり物を詰め込めば壊れてしまうからね。おれは呪術師としては中の下だと自認してるから。実験をされる側じゃなくて、する側にならなってもいいけど」

「わしもいらぬ」

オイタクシはボソッと言った。

「向上心が無い奴は、そのまま底辺を這いずっていればいいわ」

マチ子は天井に煙を吹いた。

車は大きな通りに出て東に曲がり、豊原支庁、樺太庁の建物の前を通った。樺太神社と運動場もある公園の広大な敷地の間を抜けて左に曲がる。少し進んでさらに左折し、裁判所前の通りを西に進む。

妖精琥珀に変化はない。

停車場前に出て、今度は南下し、市街地の南半分を回る。続いて碁盤の目状に通る道を丹念に回ったが、妖精琥珀は光を宿さなかった。

「気味が悪いくらい静かね」

マチ子の何本目かの煙草に、木村が火をつける。すでに空には星が瞬いていた。

「こっちの動きを察知して、鈴谷岳の麓へ向かったんじゃないかね」

木村は燐寸《マッチ》の火を振り消す。

「それならそれで構わない。野営地への道を警戒すればいいだけだ――。夕飯にしよう」

内藤は宿に近い西洋料理屋の前にパッカードを停めた。

食事の最中に内藤の配下が来て、ラスプーチンが栄浜で目撃されたと報告した。

＊　＊

その日の夜、三台の大型貨物車両が陸軍の駐屯地から出た。一台は鈴谷岳方向へ、二台は賢治たちが泊まる宿の裏口に停車し、大量の木箱を地下室に運び込んだ。内藤の部下たちが三々五々現れて、帆布製の大きな鞄に分解した武器を詰めて去っていった。

＊　＊

翌日、八月六日の月曜日。平日ではあったが、街は賑わっていた。賢治はまた巡回に引き出されたが、妖精琥珀の反応はなかった。

午後。ラスプーチンは大谷《おおたに》まで来たという知らせがあった。栄浜と豊原との中間辺りである。

内藤は、とりあえず市内の警備の人員を増やした。ラスプーチンが狙う妖精琥珀は、豊原にあるのだから、鈴谷岳の麓の陣地設営が整い、賢治がそちらに移るまでは油断できなかった。

昼頃、賢治の宿を細越健が訪れた。賢治を昼食に誘いに来たのであった。

細越が受付で殿山と話しているのを聞き、ロビーの肘掛け椅子で新聞を読んでいた内藤が近寄った。

「今、宮澤さんは、陸軍の駐屯地を見学しています」

「ああ、それでは夕飯でも一緒にと伝えてもらえませんか。せっかく来たのに一献も酌み交わさずに帰すわけにはいきませんから」

細越は笑う。

「今夜から陸軍の行軍演習に同行し、植物採集をする予定になっていました」

「ああ……、そうですか。どの辺りへ？」

「川上《かわかみ》村の三峰《みつみね》山《やま》周辺です」

三峰山は豊原市の北西にある。鈴谷岳とはまったく方向が違った。

「いつ頃戻りますか？」

「九日には戻っていると思います」

「では、九日にまた誘いに来ます。そう伝えてください」

「分かりました。必ずお伝えします」

細越は「それでは」と言ってロビーを出て行った。

内藤は殿山に顔を向ける。

「九日までに戻らなければ、適当に話を作れ」

「手こずる可能性ありですか？」

「分からんな。魔法使い三人がどれだけ働けるかだ」

「わたしは眉に唾をつけたくなりますが」

殿山は微笑を浮かべる。

「お前は見たことはなかったか」

「訓練の時以外はずっとここですからね。一度、実験班を見学したいものです」

「この件が片づいたら、機会を作ってやろう」

内藤は肘掛け椅子に戻り、新聞を広げた。

四

九時を過ぎると、街中の人出はめっきりと減った。

この時刻、百人ほどの陸軍の兵士らが街を巡回していた。いずれも肩から短機関銃を提げている。銃身上部に丸い形の弾倉を取りつけた特徴的な形のドイツ製のベルグマンＭＰ18が多かったが、アメリカ製のＭ１９２、トンプソン・サブマシンガンを携えている者もいた。見慣れない銃を持つ兵士たちを通行人たちは珍しげに見送った。

兵士たちは左上腕に桃色の地に〈特〉の字を白抜きにした腕章をつけていた。

いずれも内藤の配下たちであった。元々軍人であるから、制服は支給されていたものである。

樺太庁の裏手、人気のない路地を、陸軍少尉の階級章をつけた兵士が二人歩いていた。肩からはＭＰ18、桃色の腕章である。

古い石畳の道で、街灯がポツリポツリと灯《とも》っている。

街灯二つほど先の脇道から男が二人現れた。長い外套《がいとう》を着ている。夏でも夜は冷え込むからけして奇妙な服装ではないのだが、兵士らは何か不自然な感じを受けて、短機関銃を構えた。

「停まれ！」

鋭く命じる。

二人の男は立ち止まった。

兵士たちは、銃を構えたまま男たちに近づく。

「手を上げろ！」

しかし、男たちは応じない。

兵士たちは短機関銃の安全装置を外した。

「手を上げなければ撃つ！」

街灯一つ分の距離を空けて、兵士たちは足を止めた。十数秒、緊張の睨み合いが続き、男たちが外套の右裾を跳ね上げた。腰に革の拳銃嚢《ホルスター》が見えた。男たちはモーゼル自動拳銃の銃把《じゅうは》を握る。

二人の兵は引き金を引いた。

短く三発。六つの銃声が響き、二人の男は崩れ落ちた。

ほぼ同時に、市内のあちこちから銃声が響いた。

銃声を聞きつけた宿直が鳴らしたのだろう、豊原支庁からのサイレンの音が夜気を切り裂いた。

＊　　＊

「くそっ！」

自室で寝ていた内藤は飛び起き、階下に走った。

受付の殿山に、

「サイレンを止めさせろ！　これじゃあ敵の足音も聞こえん！」

「承知しました」

殿山は電話に飛びついた。

＊　　＊

サイレンに驚いた賢治は寝台から飛び出して、寝間着を着替える。寝る前まで続いていた倦怠《けんたい》感、時折襲う離人感はなくなっていた。

革トランクに荷物を詰め込み、部屋を飛び出した。

銃声はまだ遠くから聞こえてくる。

内藤が階下から駆け上がってきた。

「すぐに出るぞ」

「はい」

賢治は内藤と共にロビーに下りた。

一つ案を思いつき、賢治は受付に走る。

「ナイフ、ありますか？」

殿山に訊く。

「はい」

殿山はカウンターの下から、鹿角の握りのついた折り畳みナイフを出した。

賢治は胸ポケットから妖精琥珀を取り出し、右下のなにも封じられていない部分に切れ込みを入れる。

マチ子、オイタクシ、木村がロビーに集まった。

「なにをするんです？」

殿山が眉をひそめた。

「敵はラスプーチンの持っている妖精琥珀の欠片《かけら》を探知機にしています。欠片でもお互いを感知して光るんなら、逃げる途中に欠片を捨てていけば、少しは時間稼ぎができるんじゃないかと思って」

賢治は深く傷をつけた部分にナイフの切っ先を立てて、握りの尻を掌で叩いた。コンッと音がして、親指の先ほどの琥珀が切り分けられた。

「琥珀は殿山に預けろ、お前がまだここにいると思わせる」

内藤は言って外に出る。

「よろしくお願いします」

賢治は殿山に琥珀を渡す。

「できるだけ引き付けておきます」

殿山は黒いチョッキのポケットに琥珀を入れると、カウンターの下から、銃身を短く切った散弾銃を出した。ウィンチェスターM1897であった。ポンプアクションで、引き金を引いたままスライドを動かすと五発の連射ができる。

賢治は内藤を追って、マチ子たちと共に外に出た。

パッカードが玄関前で急停車する。木村が手を取り、マチ子を乗せ、賢治、木村の順で後部座席に乗る。

オイタクシが助手席に乗ると、内藤は車を出した。

＊　　＊

銃声が近づいて来る。

殿山は銃身下のスライドを動かし、弾を薬室に送り込んだ。

玄関は開いたままである。玄関灯が灯っている。

外套姿の男が二人、入り口の階段を駆け上がって来た。

玄関灯の下に来た所で、殿山は引き金を引いた。轟音《ごうおん》。先頭の男が吹っ飛んだ。二人目がモーゼルを構えたが、殿山は二発目を連射した。二人目も後ろ様に倒れた。

外の暗がりに数人の人影が動く。

ロビーの窓の外で外套の男が銃を構える。

殿山はさっとそちらに銃口を向け、スライドを動かした。窓ガラスが吹き飛び、男が倒れた。

その後ろに素早く敵が現れる。

殿山はカウンターに隠れる。

銃声が響いて、受付の壁に穴が空いた。

殿山はカウンターの脇から銃を出し、窓に向かって撃つ。中に飛び込もうとしていた敵が血飛沫《ちしぶき》を上げて仰《の》け反《ぞ》った。

玄関に複数の足音。

殿山はさっと立ち上がる。両手に散弾銃を持っていた。

入り口に殺到して来る敵にまず一発。

空になった散弾銃を床に捨て、二挺目を連射した。

裏口から突入する敵の足音が聞こえた。

「忙しくなりますね」

殿山はカウンターの下から、今度はMP18を二挺出し、裏口方向と玄関方向に銃口を向けた。

外、すぐ近くで銃声が轟《とどろ》く。仲間たちが駆けつけたようだ。

殿山はロビーに飛び込んできた敵と、玄関を突破しようとする敵に銃弾を浴びせた。

＊　　＊

内藤は大きな通りに出ると、西、樺太神社方向へ車を走らせた。

銃声に怯えて逃げたのだろう。街路に人影はなかった。

左側の建物の陰から男が飛び出し、パッカードに向かってモーゼルを向けた。

オイタクシが懐から桑原《くわばら》製軽便拳銃――、回転式拳銃を出して、開いた窓から撃った。

敵は倒れ、銃声を聞きつけた別の敵が右側に現れた。

内藤が左手でハンドルを握り、右手で懐から南部《なんぶ》式小型拳銃を出して撃つ。

敵が倒れると、一瞬遅れてオイタクシと同じ銃を出した木村が舌打ちした。

賢治は木村とマチ子に挟まれ、震えていた。

他人に命を狙われるのは初めてだったし、銃を撃つのを間近で見るのも、撃たれて倒れる者を見るのも初めてだったからである。

どうせなら寝る前までの、魂が抜けてしまったような状態の時に起こってくれればよかったのにと思った。

左手から自動車が飛び出す。

内藤は咄嗟にハンドルを切り、右の小路に飛び込む。賢治の体が振り回される。

道幅は狭い。二台の車はすれ違えない。車輪が石畳のでこぼこを拾い、車体が小刻みに揺れる。

前方に自動車の照明が閃《ひらめ》いた。速度を緩めず突っ込んでくる。

内藤は左にハンドルを切る。

こちらの車の照明に、モーゼルを構えた男が照らされた。

内藤はアクセルを踏み込む。

賢治は思わず目を閉じ、衝撃に備え身構える。

敵は建物の間に飛び込む。パッカードが通り過ぎると道に出て銃を撃った。

パッカードの屋根を弾丸が掠《かす》める。後部の窓が割れる。

木村が割れた窓から腕を伸ばし、拳銃を撃つ。敵は石畳の上に大の字に倒れた。

内藤は車を大きな通りに戻す。

左の歩道で、敵と内藤の配下が撃ち合いをしていた。

敵がこちらに気づいたが、その隙を狙われ、頭を撃ち抜かれて横様に倒れた。

樺太神社の横を抜けて市街地を出ると、内藤はチラリと後ろを見た。

「怪我《けが》はないか？」

「大丈夫です」

賢治は答えた。

「あたしも」

「こっちも無事だよ」

マチ子と木村が言う。

「火災を恐れずに自動車を狙って来ましたね」

賢治は言った。いつの間にか、上着のポケットの中で拳銃を握っていた。

「こっちが怯えて車を停めると思ったんだろうさ。強引に突破したから、もう攻撃はして来ないだろう。このまま鈴谷岳山麓の野営地へ向かう」

「はい」

賢治は右ポケットの上に左手を置いて、銃把を握ってすっかり固まってしまった指を、マチ子や木村に気づかれないように剃がした。
銃声が聞こえた。
一瞬遅れて、後頭部を激しく殴打されたような衝撃があった。
賢治の上体が前のめりに倒れる。
「宮澤が撃たれた！」
マチ子の悲鳴が遠くから聞こえた気がした。
木村に起こされたところで意識が途切れた。

第三章　鈴谷平原

一

視野の中に賢治の死に顔が大写しになった。

そのまま死んでおれ――。

ラスプーチンは心の中で呟《つぶや》く。

もう一つの〈妖精琥珀《フェーヤインターリ》〉よ、余計な手出しはするな――。

*　　　　*

「息はあるか！」

内藤がアクセルをべた踏みしながら訊《き》く。

「駄目！　息も脈も止まってるわ！」

賢治の手首に指を当てたマチ子が答える。

「〈妖精琥珀〉の魔力がある。大丈夫だ！」

内藤は北東へ向かう道に進む。未舗装路で、車体が激しく揺れる。すぐに上りになった。

「頭を撃たれてるんだ。いくらなんでも……」

木村は賢治の後頭部に当てたハンカチから血が溢《あふ》れるのを感じながら言った。

「額に射出口はあるか？」

内藤が訊く。

「ない。弾《たま》は頭の中だね」

木村が答えた。

「頭蓋骨は思いの外硬いからな――。脈は？」

「ないってば！」

マチ子が苛々《いらいら》と言う。

「すぐに生き返る！　意識が戻ったら、背広が血まみれだと文句を言うだろうさ」

内藤は笑ったが、その唇は微《かす》かに引きつっていた。

豊原市から鈴谷岳の麓までは五キロほど。

前照灯の中に草原が現れた。遠くに焚《た》き火《び》らしい炎が見えた。野営地である。

内藤は長く短くクラクションを鳴らす。担架を一台持ってくるよう命じるモールス信号であった。

道が広くなった所で内藤は車を停《と》めた。

懐中電灯の光が四つ、激しく揺れながら近づいて来る。四人の兵士が担架の持ち手をそれぞれ持ち、足元を懐中電灯で照らしながら走ってきた。

マチ子と木村が後部座席を降りると、兵士たちは賢治を降ろした。上着の左胸が黄色っぽい光を放っている。兵士たちは薄気味悪そうにそれを見ながら、賢治を担架に乗せて野営地へ運んだ。

「長旅をしてきたから、少し情が移ったわね」

マチ子が苦い顔をする。

「気持ちを切り替えようぜ」木村が言う。

「〈妖精《フェーヤ》琥珀《インターリ》〉の片割れはまだ奪われていない」

「魂《セレマカ》はまだ宮《イノド》澤の中にある」オイタクシが言う。

「死んだ者の魂にはなっていないから、望みはあるやもしれぬ。念のためにラマッタクイコロ（魂を呼ぶ宝刀）を用意しておけ」

「はい」

木村はパッカードの荷室を開けてオイタクシの鞄《かばん》を出した。中から脇差ほどの長さの袋を取る。アイヌ民族独特の模様が刺繍《ししゅう》されていた。

オイタクシはそれを受け取り帯に差す。

「血まみれで文句を言いたいのはこっちだわ」

マチ子が言う。ワンピースの上半身の右側に血飛沫《ちしぶき》を被《かぶ》っていた。

「すぐに洗濯屋に出せば大丈夫だ。血は水で落ちる。着替えは用意してある」

内藤は言った。

「こっちも頼むよ」

木村が言う。マチ子と反対側が賢治の血で汚れていた。

野営地から数人の兵士が駆けつけて、荷室から全員の旅行鞄を出し、運んだ。

＊　＊

大きな天幕の下に、野戦用の治療台が置かれ、賢治が寝かされていた。白衣を着た軍医が一人、衛生兵三人が治療台を囲んで一人が脈をとっている。

治療台の側《そば》に置かれた幾つかの机にランプが置かれている。賢治は血まみれの麻の背広のまま寝かされていた。上半身は緑色のゴムの敷物の上で、そこには少し血が流れていた。頭は横向き、後頭部の傷口が血で濡《ぬ》れた髪の中に見えていた。

隅に帆布の折り畳み椅子を置いて内藤が座っていた。軍医がそこに歩み寄る。

「瞳孔の反射はありませんし、心拍も呼吸もありません。もう死んでいます」

軍医は駐屯地から駆り出された男で、内藤の部下ではない。今までの経験から、この状態の人間は息を吹き返すことなどないと知っていた。

「軍医《せんせい》。傷の様子はどうだ？」内藤はのんびりと言った。

「もう血は止まったようだが？」

内藤は煙草《たばこ》に火を点《つ》ける。

「煙草は控えてもらえませんか」

軍医は眉をひそめた。

内藤はその言葉を無視して煙を吐き出す。

「血は止まってるだろう？」

内藤はもう一度言う。

「心臓が停まれば血も止まります」

「文句を言わずに黙って見ていればいい。おそらく前代未聞の事が起こる」

「その前代未聞、あたしたちも見物させてもらうわよ」

出入り口の布をたくし上げて、マチ子とオイタクシ、木村が天幕に入ってきた。マチ子と木村は軍服姿であった。大尉の襟章をつけ、乗馬ズボンに長靴《ちょうか》といういでたちである。

オイタクシは厚司《アッドシ》のままだった。魂を呼ぶ宝刀《ラマッタクイコロ》は袋から出して腰に差している。柄《つか》に複雑な文様が彫り込まれていた。

「見物ったってお前には見えないだろう」

内藤がからかう。

「下らない冗談は言わないで」

マチ子たちは野営用の折り畳み椅子を賢治の寝台の周りに置いて座った。

賢治の顔は表情筋から力が抜けて、死者特有の、生きていた頃とは似て非なる面差しとなっていた。

普通ならば、死んで間もなく抜けだし、自分の死体の側を漂うものなのだが、マチ子もオイタクシも、賢治の魂はまだ死んでしまった体の中にあることを感じている。

マチ子は賢治の左胸に心眼を向ける。上着とシャツの布越しに、微かな黄色い光が滲《にじ》んでいるのを感知していた。

何かの力が空間から漂いだして真夏の陽炎《かげろう》のように賢治の周囲を覆っている。

〈妖精琥珀《フェーヤインターリ》〉が、どこからか〝命の素《もと》〟を引き寄せて賢治に注いでいるのだろうか――。心眼だからこそ捉えられた光景であった。

本当に蘇《よみがえ》るの――？

マチ子は何度か、死者が葬儀の最中に息を吹き返したのを目撃したことがある。それらはいずれも内科的な病で死んだ者たちで、賢治ほどの致命的な傷を負っている者はいなかった。

医学的知識は乏しいマチ子であったが、脳が人の命を司《つかさど》っていることは知っている。

そこが破壊されたのなら、常識で考えれば生き返ることなどない。

しかし〈妖精琥珀《フエーヤインターリ》〉が本当にそういう力を持っているのなら——。

奇蹟《きせき》に立ち会うことになる。

マチ子は興奮していた。

＊　＊

オイタクシは寡黙な男であるから口には出さないが、不安を感じていた。

完全に死んだ者が蘇るのは自然の理《ことわり》に反している。それは正しい神《カムイ》の行いとは思えない。

悪霊の災い《カツキクシ》ではないか——？

妖精と見えているのは、実は悪魔《アラウエンドカプ》で、賢治が蘇生《そせい》するとすれば、それは呪い《オイタクシ》であるのかもしれない。ならば、今のうちに祈禱《フツサカラ》するべきではないか——？

オイタクシは魂を呼ぶ宝刀《ラマツタククイコロ》の柄を握る。

しかし、祈禱《きとう》することを思い切れなかった。もし内藤の意思に反して賢治の蘇生を邪魔すれば、自分の身だけでなく村《コタン》の者たちの命も危うい。内藤は皆殺し《アラウシテツカ》など鼻歌混じりに行うだろう。

オイタクシはそっと柄から手を離した。

木村は腕組みをして、半眼になった賢治の顔をじっと見つめている。

〈妖精琥珀〉に本当に人を蘇らせる力があるのだとすれば、別の使い方もできるに違いない。自分の霊力はオイタクシやマチ子に劣ることは分かっている。だからこそ、武術や射撃などの鍛錬に励み、それを必死に補おうとしていた。霊力だけでは、いつお払い箱になるか分からなかったからである。事実、自分より力のある者が後から何人も入っている。

だが、〈妖精琥珀〉の力を自在に使えるようになれば――。

実験班に加わることは断ったが〈妖精琥珀〉が二つ揃《そろ》えば、内藤はおれを実験班に入れる。ほかの、霊力が弱い者たちと一緒に。

マチ子やオイタクシは、万が一実験で壊れてしまえばまずいことになるが、おれたちならば失っても惜しくはない。

〈妖精琥珀〉の力を使いこなし、マチ子やオイタクシを越える霊力を得る。うまくいけば内藤の地位さえ奪えるかもしれない。

さぁ、早く蘇れ。おれの目の前で瞬《まばた》きをしてみろ――。

木村は両膝に肘を置き、顔の前で指を組んだ。

＊　＊　＊

賢治が天幕の下に運び込まれて二時間が経《た》った。

内藤は苛々し始めて時々椅子を立ち、賢治の様子を見た。

「硬直が始まってますから」

軍医は溜息《ためいき》混じりに言って、懐中時計を見る。そろそろ帰してくれというアピールだった。

硬く小さい物が落ちる音がした。

内藤はサッと賢治の後頭部が見える場所へ動いた。

乾きかけた血溜《ちだ》まりの中に、歪《いびつ》な形の塊が落ちていた。小指の先ほど。茸《きのこ》状に潰れた弾丸であった。

「軍医《せんせい》。これを見てみろ」

内藤は興奮した口調で言った。

軍医と衛生兵は潰れた弾丸を見て息を飲む。

衛生兵の一人が空豆形の膿盆《のうぼん》とピンセットを持って来て、弾丸を拾い上げた。

軍医は賢治の傷口を調べる。

「射入口が塞がりかけている……」

「ほんとだ……」衛生兵の一人が上擦った声で言う。

「凄《すご》い速度で骨が再生しています……」

「脈と呼吸を確かめろ！」

軍医が言うと、衛生兵が賢治の手首を取り、口の側に頬を近づけた。

「戻っています！」

別の衛生兵が懐中電灯で賢治の目を照らす。

「瞳孔の反射は正常です」

「なんてことだ……」

軍医は唸《うな》った。

賢治の体がビクンッと動き、激しく咳《せ》き込んで血の塊を吐き出した。

「頭が……痛い」

賢治はしかめた顔を上に向け、掠《かす》れた声で言った。

マチ子が立ち上がり、治療台の横に立って微笑《ほほえ》む。

「お帰り。三途《さんず》の川は見た？」

「冗談はやめてください……。わたしの頭を叩《たた》いたのは誰です？」

「もう大丈夫のようだな」内藤はホッとしたように言った。

「着替えをさせてやれ。記録写真を忘れるなよ」

内藤は天幕を出、マチ子、オイタクシ、木村が続いた。

「〈妖精琥珀《フェーヤ　インターリ》〉の力が証明されたね」

木村は興奮に震える声で言った。

「やっと今回の仕事に意義を感じることができた」

内藤の声は微かに上擦っていた。

「なによ。今までは片手間だったの？」

マチ子が呆《あき》れた顔を内藤に向けた。

「糞《くそ》みたいな仕事でも手は抜かないが、面白い方がやりがいがある——。少し寝ておけ。いざという時に疲れて力が使えなかったら困るからな」

内藤たちはそれぞれの天幕へ向かった。

その夜、ラスプーチンの配下らの攻撃はなかった。

二

目覚めた賢治は周囲を見回した。広い天幕の中で、椅子に座った白衣の男たちは居眠りをしている。天幕の出入り口は開いていて、朝の光が射《さ》し込んでいた。

治療台の上に上体を起こす。後頭部がズキンッと痛んだので手をやって撫《な》でた。瘤《こぶ》があるわけでもなく、いつもの短髪の感触である。

いつの間にか軍用のシャツと乗馬ズボンに着替えさせられている。治療台の脇には長靴が置かれていた。左胸のポケットに妖精琥珀が収まっている。

ラスプーチンの配下たちに襲われて、パッカードで豊原市を出たはずだが、以降の記憶がない。いったい何があったのだろう——。

「すみません」

賢治が白衣の男たちに声をかけると、全員が飛び上がって目を覚ました。

軍医らしい中年の男が慌てて治療台に歩み寄る。そして、賢治の目蓋をひっくり返したり、首のリンパ腺を触診したり、聴診器で心音を聞いたりした。そして、最後に後頭部を観察する。

「何があったんです？」

賢治は訊く。

「具合はどうだね？」

軍医は眉間に皺《しわ》を寄せながら言った。

「頭がちょっと痛い程度ですが、わたしは発作でも起こしたのでしょうか？」

「君は昨夜《ゆうべ》、頭を撃たれて死んだんだよ。二時間四十五分ほどの間だ」

「冗談はよしてください。じゃあ、ここは天国ですか？」

賢治は笑った。

「天国からも地獄からも断られて、ここに戻ってきたんだ。まぁ、詳しいことは内藤大佐に訊きたまえ」

「内藤さんって大佐だったんですか。知らなかった」

賢治は驚いた。

「食堂で朝食を摂《と》っている頃だろう」軍医は衛生兵を呼び、

「案内してあげたまえ」

と命じた。

＊　＊

食堂の天幕に入ると、内藤、マチ子、オイタクシ、木村がさっと顔を上げて、感心したように小さな声を上げた。

「もう大丈夫なのか？」

木村が箸を置いて言った。

「昨夜のこと、覚えてないんですが、何があったんですか？」

賢治は空いている席に座る。

給仕がすぐに焼き魚と卵焼きの朝食を持ってきて、賢治の前に置いた。

「軍医から聞かなかったか？」

内藤は味噌汁《みそしる》を啜《すす》る。

「頭を撃たれて死んだなんて悪い冗談を言われました」

「冗談じゃないのよ」マチ子が食後の煙草をホルダーに差す。

「あんたは確かに死んでた。〈妖精琥珀《フエーヤ インターリ》〉のお陰で蘇ったのよ」

「えっ……」

賢治は左胸を押さえた。

「記録写真がある。現像したら見せてやる」

賢治は内藤の言葉を聞いていなかった。

昨夜死んで生き返ったという実感はまったくない。だが、内藤たちの表情は嘘《うそ》を言っているようには見えない。

だとすれば、自分は、妖精琥珀のお陰で生き返ったのだ。頭を撃たれたというから、脳は破壊されていたはずだ。それが以前と変わらないまでに修復された。

死者を蘇生させる――。やはり妖精琥珀は異空間から恐ろしい量のエネルギーを引きだしているのだ。

ならば、トシを蘇らせることはできないか――？

トシは灰になってしまったが、灰から復活させることはできないだろうか――？

一つの妖精琥珀でわたしを生き返らせることができたのだから、もう一つ手に入ればそれ以上の力を発揮するのではないか――？

だからラスプーチンも内藤たちももう一つを手に入れようとしている。

「お願いがあるんですが」

賢治は味噌汁に口をつけながら言った。

「なんだ？」

内藤は食後の一服を吸いつける。

「一つ目は服のことです」

「お前の服は洗濯に出している。血と脳味噌で凄い状態だったからな」

「食事中に聞きたくない話ですね」賢治は顔をしかめて汁椀《しるわん》を置く。

「今着ている服のことです。普通のズボンと靴にしてもらえませんか。長靴が窮屈です」

「馬に乗ることも、山の中を歩き回ることもあるかもしれない」

「ならば裾が邪魔にならないようにゲートルを巻きますよ」

「分かった。用意しよう。一つ目というからには二つ目もあるか」

「はい。妖精琥珀がもう一つ手に入ったら、わたしの望みを一つだけ叶《かな》えさせてください。あなたたちに協力したんですから、褒美をもらってもいいでしょう。一度は命を落としているんだし、それくらいのことはしてもらってもいいと思うんですが」

賢治の言葉に内藤はすぐに返事はせず、爪楊枝《つまようじ》で歯の隙間をつつく。

「この件が終わったらお前には一度花巻に帰り、その後、東京へ来てもらう」

「なるほど――。一度死んで蘇ったわたしの体を調べるんですね？」

「まぁ、ラスプーチンは生け捕りにするつもりだから、乱暴な研究はそっちでするが、死んでから蘇るまでの記録を取っているからその検証のためだ」

「そういうことまで研究するなら、望み一つを叶えてもらうくらいいいでしょう？」

「お前はおれたちがいたお陰で命拾いしたというのが分からないか？」

内藤は賢治に煙を吹きかける。

「あなたたちがいたから危険な目に――」

言っている最中に、内藤の言葉の意味を理解した。もし、内藤たちがいなかったら、自分はラスプーチンの手下に易々《やすやす》と殺されて妖精琥珀を奪われ、蘇ることもなく死んでいったに違いないのだ。

「まぁ、協力してもらっているのには違いないから、お前の条件を飲んでもいい」

「そうですか。ありがとうございます」

「ただし、それも実験として行わせてもらうからな」

「えっ？」

「妹を蘇らせるんだろう？」

内藤はアルマイトの灰皿で煙草を消す。

賢治は返事に迷った。

「遺灰から妹を蘇らせる。そんなことができるとすれば、日本国にとって有益な故人も蘇らせることができる。その実験だ」

「――望みを叶えてもらえるなら……」

賢治は俯《うつむ》く。

「ならば、そういうことで」

内藤は天幕を出ていった。

「もし」オイタクシが重い口を開いた。

「死んでいる間に妹に会っていれば、蘇らせることなど考えなかったかもしれないな」

「どういう意味です？」

賢治は少しムッとして言った。

「お前は妹を蘇らせたいと思っているだろうが、妹はどう考えているか」

賢治はハッとした。

トシは今度は自分のことばかりで苦しまないように生まれてくると言った。トシとして生まれ変わってくることを拒むだろうか。

わたしはトシの思いなどまるで考えていなかった――。

「悔しきかも、速《と》く来まさずて、吾《あ》は黄泉戸喫《よもつへぐい》しつ」マチ子は言った。

「伊弉冉《いざなみ》の例でも分かるように、長くあの世にいれば、もう蘇ることはできなくなる。

西行《さいぎょう》法師が修行の寂しさに耐えかねて、骨を集めて邪法を用い作ったモノは、化け物となったから捨てられた……。死んだ者を蘇らせようとすればろくなことにならないわよ。もし蘇った妹さんが化け物になったら、あんたが責任をとるのよ」

賢治は返事ができなかった。

「まぁ、やってみなけりゃ分からないじゃないか」

木村が助け船を出す。

「そうね。あたしたちの仕事はラスプーチンからもう一つの〈妖精琥珀《フエーヤインターリ》〉を奪い取るまでだから、その後は知ったことじゃないわね」

マチ子はホルダーから吸い殻を取って灰皿に捨て、杖《つえ》をついて天幕を出る。

「まぁそう深刻にならずに」

木村は言って席を立ち、賢治の後ろに回ってその肩を揉《も》んだ。

「ありゃあ、もう髪まで生えて傷痕も分からないよ。とんでもない回復力だね。一晩でこれほどなんだから、日にちをかければ遺灰から妹さんを復活させるのも夢じゃないかもしれないよ」

木村は揉みながら続ける。

「宮澤さん。あの世はどんな所だった?」

「あの世は見ていません。車に乗っている所は覚えていますが、目が覚めたら天幕の中にいました」

「残念だなぁ。おれは霊と話ができるくらいの力がないんで、宮澤さんから聞けると楽しみにしてたんだ」

「わたしは三時間近く死んでいたんでしょ？　その間の記憶がまったくないんですから、あの世なんてないのかもしれません」

「宮澤さん。ある研究によると、夢っていうのは眠るたびに見るものなんだそうだ。だけど目覚めると覚えていないことの方が多い。忘れてしまうんだよ。きっと宮澤さんも、あの世を見たのに忘れてしまったんだろう」

「死ぬのと夢を見るのとは違う気がしますが」

賢治は苦笑する。

「ああ、そうだよね」木村は頭を掻《か》く。

「そうそう、東京で検査を受けるとすれば、きっと担当は実験班の連中だ。機会があれば、おれが実験班に興味を持っているって話をしといてくれないか」

「実験班には入らないって言ってたでしょ？」

「実験する側にならって言ったんだよ。中途半端な霊力しか持ってないからね。オイタクシ師匠の元で修行しても、先は見えてる。生き残ることを考えなくちゃならないんだよ」

「大変ですね」

「大変なんだよ。あっ、朝食の邪魔をしたね。すっかり冷めてしまったようだから、給仕に言って取り替えさせよう」

「いや。内藤さんにわたしの死に様を聞いて、食欲がなくなりました」

賢治は椅子を立った。

＊　　＊

木村と共に天幕を出て、賢治は辺りを見回し驚いた。すぐ側に鈴谷岳が聳《そび》え、山毛欅《ぶな》の森が裾野を覆い尽くしている。

食堂の天幕に移る時にも外に出たのだが、軍医から言われた衝撃的な話のために周囲の景色に目を向ける余裕がなかったのだ。

鈴谷岳は樺太《からふと》の南、豊原市の東部に連なる鈴谷山脈の最高峰で、標高は千四十八メートルである。なだらかな山頂付近は這松《はいまつ》に被《おお》われ所々に灰色の岩が見えている。谷沿いに登山道があり、豊原市の人々が気軽に登る山であった。

野営地は雑草の広場で、周囲には椴松《とどまつ》林の中に所々白樺《しらかば》の白い幹が見えていた。

落雷で焼けたか、誰かの焚き火のせいで山火事になったか、焼けた椴松が数本立っている場所があって、その周辺は一面の紅紫色、柳蘭《やなぎらん》の群落となっていた。

沢鴫《さわしぎ》の声も聞こえてきてのどかな景色の中に、円弧を描く土嚢《どのう》の連なりや、軽機関銃の油で青黒く光る姿、軍装の兵士たちが、異様な緊張感を与えていた。

「わたしのトランクはどこですか?」

賢治は訊いた。

「宮澤さん用の天幕に置いてある」

と、木村は個人用天幕の三角が並んだ一角を指差した。

「案内するよ」

木村は天幕の群へ歩いた。

賢治は案内された天幕の、簡易寝台の脇に置かれていた黒革のトランクから板に挟んだ紙束を取りだした。

「何をするんだい?」

木村は天幕を覗《のぞ》き込みながら訊いた。

「植物採集です。旅行の目的の一つだったんです」

言って賢治は天幕から駆け出した。

昨夜一度死んだ者とは思えぬ軽やかな足取りだった。

「どこへ行く?」

天幕から顔を出した内藤が訊く。

「花を摘みに」

賢治は戯《おど》けたように言った。

内藤は一瞬、怪訝《けげん》な顔をしたが、

「乙女でもあるまいし。小便なら見えるところでも構わん」

と顔をしかめる。

「植物を集めるんですよ」

「なんだ……。遠くへ行くなよ」

「陣地が見える範囲で」

草原には様々な花が咲いていた。

北国の短い夏を謳歌《おうか》して多くの種類の花が一斉に花を咲かせているのだ。一見楽しげで華やかな景色だが、賢治は、早く花をつけ、種を作らなければという植物たちの焦燥を感じ取った。

薄い紫のチシマフウロ。

オレンジのレブンキンバイソウ。

白いエゾゴマナ。

賢治は夢中になって花巻周辺では見られない植物を採取する。採った草花は一つ一つ紙に挟んだ。

トシの死の悲しみも、妖精琥珀に関わる厄介事も、昨夜自分が一度死んだことも、すっかり忘れていた。

けれど、愛らしいエゾスズランを見つけ、思わず『トシの髪に飾ってやりたい』と思った瞬間、大切な人を失ってしまった寂寥《せきりょう》が賢治を一気に現実に引き戻したのだった。植物を摘むことに集中して、登山道をずいぶん登っていた。もうすぐ椴松の樹林帯である。

蜂が忙《せわ》しげに花々の間を飛ぶ。羽音が遠く近く聞こえている。

＊　＊

前方に山があった。山道を歩く男の姿が見える。

ラスプーチンは男に近づく。足はまったく動かない。滑るように宙を進んでいるのだった。

男は賢治であることは分かっている。正面の顔も後ろ姿も、よく知っている。

賢治はしゃがみ込んで花を摘む。

ラスプーチンは賢治のすぐ後ろにしゃがんだ。

賢治の髪のにおい、微かな汗のにおいも感じた。

ラスプーチンは賢治の左の耳元に口を近づけた。

「ケンジ……」

ラスプーチンは恋人に囁《ささや》くように言った。

＊　＊

賢治は耳元で名前を呼ばれた気がして、驚いて振り返る。

自分が登ってきた道が見えるだけだった。

生臭いような、何かが腐ったような臭気を感じて、賢治は顔をしかめた。顔の周りを手で煽《あお》ぎ、悪臭を追い払う。

道の近くで動物でも死んでいるのだろうかと、賢治は周囲を見回す。死肉を求めて舞い飛ぶ蠅《はえ》の姿は見あたらなかった。そうするうちに悪臭は消えた。

幻臭だったのかもしれない――。

「ああ……」

賢治は思い出した。栄浜で幻視を見た時に嗅いだ臭い。あの時はラスプーチンの体臭だと思ったのだった。

賢治は慌ててもう一度草原を見回す。あの時の臭いよりずっと強かった。近くにラスプーチンが潜んでいるのではないかと思ったのだが、草原に人の姿はない。

「やはり幻臭だったんだ……」

賢治は立ち上がって野営地を見下ろした。

馬防柵のような尖《とが》った杭《くい》を斜めに突き出したもので封鎖した登山道の脇に、半円状に土嚢を積み、軽機関銃が十挺《ちょう》ほど据えられていた。二百人あまりの兵士たちは今のところあちこちに座って煙草を吹かしたり、アルマイトのコップで何かを飲んだり、のんびりとしている。内藤の配下は桃色の腕章をつけているので見分けられた。兵のおよそ半分ほどであろうか。

天幕群は土嚢から少し後退した場所にあり、間は広場となっている。天幕群の脇に、杭に繋《つな》がれた馬が二十頭ばかり、草をはんでいた。

周囲の草原には、ポツリポツリとコウリンタンポポのオレンジ色がある。

山稜《さんりょう》の向こうに、少し霞《かす》んで群青のオホーツク海がわずかに見えていた。

山頂を見上げる。夏空に聳える鈴谷岳は、野営地からより岩や這松の姿がはっきり見えた。岩場には緑の葉叢《はむら》の中に散らしたようなコケモモの赤が鮮やかだった。

賢治は空に、白を一刷《ひとは》きしたような秋の雲を見つけた。北の果ての地はもう秋がそこに忍び寄っているのだ。

秋が来て、そして――。

トシが死んだ冬が来る。

賢治は花畑の中にビチョビチョと霙《みぞれ》の降る景色が重なっていくのを見た。

歪《ゆが》んだガラスの向こうの、鉛色の空。

痩せて顔色が悪く、頬ばかりが赤いトシ。唇は乾き、半開きになった口で浅く速い呼吸をしている。

枕はずっと頭に押さえつけられて、すっかり形がついている。

ああ、人は美しく死んでいけないのだ――。

そう思った瞬間、唐突に、眼前に男の顔が大写しになる。

わたしの顔だ――。

後頭部に着弾したせいで目は少しせり出し、鼻孔と口からおびただしい血を流している。

死に顔は、振動に合わせて左右に揺れる。

あの時、自分の魂は体から抜けだして真下から自分の顔を見ていたのだろうか――。

己の無惨な姿を見て、賢治はぶるっと身震いをした。

その瞬間、景色が変わる。

曇天の下に、中腹まで白くなった早池峰《はやちね》の姿が見えた。雲を割って降る、目映《まばゆ》い光の帯の中を、紫の薄物を着たトシが昇天して行く――。

「黄いろな花こ、おらもとるべがな」

トシの声がはっきりと聞こえ、賢治は振り向いた。

ミヤマキンポウゲの可憐《かれん》な黄色い花が一面に咲いていたが、トシの姿は無かった。

あれは、臨終のトシが夢を見て言った言葉だった。ここはあの時トシが見ていた夢の中か――。

「宮澤！」

遠くから声がした。

賢治はハッとして声の方を見る。その瞬間、異空間の景色は消えて、天幕群の裏に立つ内藤の姿が見えた。

「それ以上登るな！　戻って来い！」

内藤は両手を口元に添えて怒鳴った。

「はい。すぐに！」

賢治は手に持っていたシラネニンジンの花を紙に挟んで、坂を下りた。

三

賢治は野営地に戻ると、自分の天幕で妖精琥珀を出して、小さな欠片《かけら》を切り取った。万が一、ここを逃げ出さなければならなくなった時に、目眩《めくら》ましに使えるだろうと思ったからである。

妖精の体や羽根に傷をつけないようにするためにはナイフで乱暴に割るのは危険である。

賢治は兵から鋸《のこぎり》を借りて、横引きの細かい刃を使い、切り取った。

小指の先ほどの欠片が四つ取れた。

次に賢治は医療天幕を訪れ、サラシをもらい、糸と針を借りて琥珀《こはく》の欠片を入れる小袋を縫った。ついでに、妖精琥珀の本体を入れる袋も縫い、首から提げてシャツの中に落とした。

その後、賢治は日が暮れるまで野営地内で植物採集を続けた。

空が茜《あかね》に染まり、巻雲《けんうん》が黄金色に輝いた。

やがて空が赤紫色に変じると、巻雲はオレンジ色の炎となり、天空を被った。

賢治は首が痛くなるまで、その色の変化を楽しんだ。

野営地よりだいぶ下の方から断続的に銃声が響いた。無線がくぐもった音で切迫した悲鳴のような声を鳴らす。下の関門が破られた。

野営地に緊張が走る。軽機関銃に兵が走り、弾丸の補給をするための補助が横についた。

残りの兵たちは短機関銃をいつでも撃てるように構えている。軍刀の柄に手を置いている者もいた。それらは褐色の影となって、野営地を駆け回っている。

四つの人影が賢治に歩み寄った。

内藤とマチ子、オイタクシ、木村であった。

「来い」

MP18を肩に担いだ内藤は、賢治の袖を引っ張って馬を繋いでいる場所へ移動した。

「いざとなったら、馬で避難しろ」

内藤は言った。

「どこへ?」賢治は捨て鉢に笑う。

「こんな山の麓に陣地を作ってしまったんだから、逃げ場はないでしょう」

「山頂を巻いて東側へ出れば、南遼古丹《みなみりようこたん》へ抜ける杣道《そまみち》がある。木村が先導する」

「一本道なら、敵は難なく追ってきますよ」

「そういう事態にはならない」

「確実にですか?」

「世の中、確実なことなんて何もないわ」

マチ子が嘲笑する。

「南遼古丹まで敵が追ってくるということは、我々が全滅したということだ。諦めるか、自分で逃げ道を探すかすればいい」

「無責任な。民間人を巻き込んでおいてそれはないでしょう」

「自分だけイノセントを気取るのはやめろよ、宮澤さん」木村が言う。

「あんただって、叶えたい望みがあるから協力してきたんだろうが。それに、おれたちが関わらなければ、昨夜よりずっと前にあんたは死んでた。そして〈妖精《フエーヤ》琥珀《インターリ》〉を奪われて、そのまま蘇ることもなかった」

賢治は唇を嚙《か》んだが、同時に甘やかな痛みが胸に生じた。

そうなっていれば、今頃わたしはトシと共にあったのだ――。

「言ってやるな」オイタクシが言った。

「身を守ろうにもその術《すべ》がないのだ。苛立《いらだ》って当たりたくなるのも当然」

思いもかけずオイタクシに援護されて、賢治は嬉《うれ》しく感じたが、弱虫呼ばわりされたようで悔しくもあった。

自動車のエンジン音が聞こえた。複数台である。エンジンを目一杯吹かして坂道を上っているようで、いきり立った獣の叫びに聞こえた。

軽機関銃の兵たちは、登山道に銃口を向ける。

椴松の陰から貨物自動車が現れた。

銃声が巻き起こる。連続するそれと閃光《せんこう》が濃い紫色の景色を切り裂いた。

五台の貨物自動車は車体に着弾の火花を散らしながら土嚢に突っ込んでくる。荷台からバラバラと人影が飛び下りて散開する。

短機関銃を持った兵たちも土嚢を遮蔽物として敵を撃つ。

二台の貨物自動車が燃料タンクを撃ち抜かれて火を噴いた。一台は運転手が絶命したのだろう、途中で停まった。二台が土嚢に衝突し、軽機関銃と兵二人が吹っ飛んだ。

火だるまになった二台が突進して来る。

三人の兵が、軽機関銃を抱えて逃げる。

土嚢が崩れ、鼻面を野営地に突っ込んだ貨物自動車は燃え続けた。

兵たちは、散開して野営地に駆け寄る敵を撃ち続ける。

賢治は凍りついたようになって、それを見つめていた。

五年前に、受けたくもない徴兵検査を受けた。跡継ぎになるはずの自分の身を案じた父は検査の延期を勧めたが、それに逆らったのであった。

父という権威に対する反抗。何かにつけて相剋《そうこく》を求めた自分――。

結局、第二乙種と判定された。体格不良のため兵役に適さないとして徴兵免除。

ホッとする自分と、屈辱に震える自分が居た。

トシは心から喜んでくれた。父も喜んでいたが、それは跡継ぎが戦場へ送られなくてすんだという安堵《あんど》であって、けっしてわたしの身を案じていたのではない。そう思った。

あの時、もし入隊していたら、どこかで自分も敵に向かって引き金を引いていたかもしれない――。

貨物自動車が爆発した音で我に返り、賢治は自分が丸腰なのが急に心細くなった。

上着のポケットを探ると、あの拳銃が入っていた。こんなもの、どれほどの守りになるのかと思ったが、賢治はポケットの中で銃を握った。

自分は敵を撃てるだろうか――。

確実にこちらを殺そうとしている者が相手であれば、引き金を引けるはずだ。

いや、本当にそうか――？

敵はこちらに銃を向けている。こちらも敵に照準を合わせている。

きっと自分は、相手の今までの人生を、家族を考えてしまうだろう。

そして、相手が先に引き金を引く。

体のどこかに衝撃を受け、出血のための貧血に狭まる視野の中で、きっと自分は二つのことを考えるだろう。

人を殺さずにすんでよかった――。

なぜ先に引き金を引かなかったのか――。

そして、親に先立つ不孝を詫《わ》びながら、死んでいくのだ。

グイッと袖を引かれた。

「馬に乗れ」

内藤が言う。

賢治は馬に駆け寄った。

木村が先に鞍《くら》に跨《また》がり、マチ子とオイタクシが続く。

賢治は馬に乗りながら、

「劣勢には見えませんが」

と内藤に言う。

土嚢を乗り越えてこちらに攻め込む者の姿は見えない。

「あれは囮《おとり》だ」

内藤は胸ポケットから笛を取りだして鋭く二回吹いた。

短機関銃の兵たちが土嚢を離れた。銃を構えながら野営地後方を警戒する。何人かが篝火《かがりび》を焚く。

「行け」

内藤は木村に言う。

木村は肯《うなず》いて馬を走らせた。

続いて賢治。その後ろをマチ子とオイタクシが走り、鈴谷岳山頂への登山道を駆け上った。空は青みを帯びた黒。星が輝きだしている。

わずかに遅れて、天幕群の間からわらわらと人影が現れた。

橙《だいだい》色の篝火の光を受けて、背広姿や農夫の格好など、様々な服装の男たちがサーベルを光らせて広場に躍り出す。

妖精琥珀に銃弾が当たる危険を避けているのだった。野営地内の兵の軍刀も同様の理由だった。

短機関銃が火を噴く。薬莢《やっきょう》が威勢良く飛び出して地面に落ちる。

敵は次々に倒れたが、被弾を免れた者が兵に斬りかかる。

血飛沫を上げて、兵が倒される。

仲間を撃つ危険に射撃をためらっているうちに、敵は距離を詰めて、もはや銃撃戦は不可能になった。

軍刀を持った兵たちが敵に斬りかかる。

内藤は軍刀を抜いて野営地内を駆け回る。ラスプーチンの姿を探しているのだった。

しかし、資料で確かめていたラスプーチンの姿は見あたらない。

「くそっ」

内藤は戻って馬に跨がろうとして舌打ちした。馬が三頭足りない。敵が奪って賢治たちを追って行ったのだ。

内藤は馬に乗り、登山道を駆け上がる。

前方で銃声が響いた。

＊　　　＊

それより少し前。

賢治たちは樹林帯を抜けて這松の中の道を進んでいた。

オイタクシは背後に蹄《ひづめ》の音を聞いた。

振り返ると、三騎が追ってくる。

こちらへの殺意を感じた。産毛が立ち上がるような感覚である。

オイタクシは厚司《アッドシ》の懐から回転式拳銃を出し、後ろに向けて撃った。

先頭を走っていた人影が仰《の》け反《ぞ》って落馬した。

銃声を聞いて驚き、賢治は後ろを振り返った。闇の中、三頭の馬が追ってくるのが微かに見えた。一頭は空馬である。

死の恐怖がジワジワと涌《わ》き上がる。

昨夜は撃たれても死ななかった。けれど、今度は追っ手がすぐ後ろにいる。撃たれて、落馬すれば敵は妖精琥珀を奪うだろう。今度は蘇ることはなく、死の底へ落ちていくのだ。

トシのいる所へ行ける――。

そう考えると、ふうっと体の力が抜けた。

トシのいる所へ行こうと思ったら、今まで何度も機会があった――。

体が強張《こわば》る。

その機会に、なぜ死を選ばなかった？　わたしには、まだ生への執着があるからだ。

身近な者の死に触れるたびに、人はいつ死ぬかわからないという思いを強くした。そして、いつ死んでもいい心構えは作ってきた。

この恐怖は、死への恐怖ではない。殺されることへの恐怖だ。

病や老いの果ての死は穏やかに受け入れよう。だが、他者の思惑で命を奪われるのは嫌だ——。

賢治はポケットから琥珀のかけらを入れた小袋を取り出し、馬の鞍に結びつけた。

そして、手綱を離し、鐙《あぶみ》から足を抜いて、左の這松の中に跳んだ。

衝撃は這松の茂みが和らげたが、肩に強い痛みを感じて気が遠くなった。賢治は緩い斜面を転がる。

我に返ると、賢治は這松の中に腹這《はらば》いになっていた。恐る恐る身を起こし、肩を回す。脱臼でもしたのではないかと思ったが、なんともなかった。

賢治は這松の中に腹這いになって登山道を見上げる。星空を背景に、四騎が坂を駆け上って行くのが見えた。賢治が乗っていた馬は乗り手がいなくなっても、木村の馬を追って走っている。

その後ろから大分間を空けて敵の二騎が駆けて行く。賢治が馬を飛び下りたことに気づいていない様子だった。

賢治は大きく溜息をついた。途端に、後悔の思いが賢治を責め立てた。

マチ子やオイタクシ、木村を囮にしてしまった。仲間を犠牲にして自分だけが逃げるなんて、卑怯者《ひきようもの》だ——。

賢治の顔はクシャクシャに歪み、泣きそうになった。

のろのろと立ち上がり、それでも敵に見つからないように腰を折って、這松の中を下る。樹林帯に入って太い椵松の幹に背をもたせかけて座り込んだ。

敵か味方か、登山道を数騎が駆け上がっていく音が聞こえた。

遠くで木村がなにか叫ぶ。直後、銃声が立て続けに聞こえた。

木村たちはやられてしまったのか――。

賢治は歯を食いしばる。

一緒だったら自分も殺されていた――。

嗚咽《おえつ》が漏れる。

自分だけ助かった。卑怯な方法で――。いや、考えるな。ともかく、助かったのだから、生き延びなければならない。

賢治は顔を歪め立ち上がった。

野営地の様子が分かる場所まで下ろうと思った。木村は応援が来ると言っていた。敵が鎮圧されたら野営地に戻ろうと考えたのだった。マチ子たちにはなじられるだろうが。

椵松の中は星明かりもなく真っ暗である。賢治は手探り、足探りで斜面を下りて行く。

サーベルを持った敵は天幕群の裏から飛び出してきた。ということは、樹林帯の中を移動してきたのかもしれない。

賢治は、自分のもの以外の物音に耳を澄ましながら移動する。視界は暗黒に閉ざされているので頼りは地面の傾斜である。

四方に巡らす賢治の目が、小さい光を見つけた。蛍のような光が明滅している。

蛍と違うのは色が黄色いこと――。

消えて見えるのは、木の影が光を遮るからだと分かった。

ラスプーチンの配下が首から提げている琥珀の首飾り。賢治の妖精琥珀に反応して光っているのだ。

賢治は足を止めて椴松の根方にしゃがみ込む。

方向は右前方。距離は、光の大きさから二十メートルほどではないかと思われた。

こちらの琥珀は服の下だから光は見えない。しかし、敵は近くに妖精琥珀があることに気づいている。

賢治の鼓動は速くなった。

光をあと二つ見つけたからだ。

真正面に一つ。左前方に一つ。いずれも二十メートルほど離れている。

右側の光が揺れながら近づいて来る。時々、細長い光が閃《ひらめ》く。サーベルが琥珀が放つ光を反射しているのだ。

賢治は木の幹を手掛かりに、足音を忍ばせて斜面を下る。

右側の光は、さっきまで賢治がいた所を通り過ぎて行く。

次は左の光が近づいて来た。

賢治はそれを避けるように右斜め下に移動する。

三つの光がピタリと止まった。

賢治はぎょっとして立ち止まり、木の陰にしゃがんで身を隠す。

三つの光が左の一箇所に集まる。

光はしばらくそこで揺れていたが、さっと散開した。

一つは上、一つは下。もう一つは左から、いずれも賢治の居場所が分かっているかのように迫って来る。

音を立ててしまったのだろうか――。

賢治の背筋に冷たいものが走る。

どうしよう。一気に斜面を駆け下りようか――。

まだ野営地の明かりも見えない。途中で追いつかれてしまう。サーベルで斬り裂かれ、妖精琥珀を奪われて、そして樺太の山中で朽ちていくのだ――。

その時、背後から口を塞がれた。

「あたしよ」

微かな声が吐息と共に耳に吹きかけられた。

マチ子の声であった。

生きていたのか――。

そのことと、自分の命も助かったという思いで、全身から力が抜けた。

「よく真っ暗な中、辿《たど》り着けましたね」

賢治は囁くような声で言った。

「目が見えないんだ。暗闇も真っ昼間も関係ないよ。心眼を使えば、外側からトーチカの内部だって見えるよ」

「オイタクシさんと木村さんは？」

「今から術を使う。静かにしてな」

マチ子が言った時、闇の中から声が聞こえた。

「ドシテク　ニケニケ　シナシナ……」

腹に響くようなオイタクシの声。

「ナマク　サマンダ　バサラダン　カン――。この怨敵を搦《から》めとれとの大誓願なり」

木村の声が重なった。

二つの声は響きあい、奇妙なうねりとなって周囲を包んだ。

三つの黄色い光が動きを止めた。

落ち葉を蹴って走る音がした。

打撃音が聞こえ、一つずつ光が消えた。

「不動金縛《かなしば》りの術」マチ子はクスクスと笑う。

「古くさいでしょ？　だけど効くのよ」

そんな講談や荒唐無稽な小説に出てくるような術が実際にあるとは思えなかったが、オイタクシと木村が、手に光を放つ琥珀の首飾りを手に現れたのを見て、賢治は信じざるを得ないと思った。

「さぁ、登山道に戻って野営地に帰ろう」

木村が促す。琥珀の光が下から顔を照らしていた。

「敵は？」

賢治は聞いた。口の中がカラカラに乾いていて、声が掠れた。

「殲滅《せんめつ》したそうだ。さっき内藤さんたちが馬で駆けてきて、こっちを追っていた敵も倒した」

「そうですか……。自分だけ逃げ出してすみませんでした」

「わたしたちの腕前が信用できなかったんだろう。仕方がないね」木村は自嘲するように言って肩を竦《すく》める。

「宮澤さんは怪我《けが》はなかったか？」

「怪我はありません。落馬の仕方は心得ていますから」

「まぁ、どんな怪我をしてもすぐに治るんだろうがね」

木村は言って歩き出した。

ああ、あの痛みは本当に脱臼だったのかもしれない——。

賢治は服の上から妖精琥珀を撫でた。

四

野営地にはあちこちに篝火が焚かれ、大勢の兵が敵の死骸を隅に空けた大穴に放り込んでいた。

草地の随所に血溜まりがあって、ヌラヌラと炎を映している。

土嚢の外側に、駐屯地からの応援なのだろう、数台の貨物自動車が停まっていた。壊れた土嚢が補修されて、新たに十数挺の軽機関銃が据えられていた。

賢治の方に一人の男が歩み寄って来た。くわえ煙草で汚れた白シャツを着た男。首元のネクタイが歪んでいる。

宿の受付、殿山であった。

「無事だったんですか」

賢治はホッとして言った。

った。

「なんとか生き延びました」

殿山はポケットから琥珀の欠片を出して、賢治に放った。賢治はそれを両手で受け取
「返しておきます。ここから先の危険はみんなと等分にしたいんでね」

殿山はニヤリと笑うとネクタイを外し、歩み去った。

内藤は広場の中央に立って、将校の襟章をつけた男三人と話をしている。

「取り逃がしたのは百人ほど」とか、「ラスプーチンの姿はなかった」とか「重傷者は駐屯地に運んだ」とか聞こえてきた。

つまり、まだ決着はしていないのだ——。

医療用天幕からは呻《うめ》き声が聞こえてくる。

賢治は、一つ思いついて、自分の天幕に戻り、殿山から返された琥珀用の袋を縫った。

何百人の人が死に、何百人が怪我をした——？

針を動かしながら賢治は思った。

妖精琥珀は、なにを望んでいる？　いやこれは、妖精琥珀が望んでいるのではない。

ラスプーチンがわたしが持つ妖精琥珀を奪おうとして起こした惨劇だ。

妖精琥珀を持ち込んだ鈴木の祖父は、

『二匹の人蜻蛉《ひとあきつ》が離ればなれになった時がら呪いが始まった』

と言ったという。ならばやはり、これは妖精琥珀の呪いだろうか。とすれば、この惨状は、妖精琥珀が望んだこと。二匹の妖精を離ればなれのままにしていたら、さらに酷《ひど》いことが起こるのか――？

賢治の目の前に幻視が展開した。

夏空が見えた。初め賢治は、自分がいつの間にか空を仰いでいるのだと思っていたが、今は夜であることに気づき、異空間の景色を見ているのだと悟った。

目を降ろすと家並みがあった。

どこだろうと、知っている建物はないかと眺め回すと、遠くに塔が見えた。

浅草の十二階――。凌雲閣《りょううんかく》である。

あちこちに見える林から、一斉に鳥が飛び立った。

犬が吠《ほ》えた。

大きく景色が動いた。

目眩《めまい》かと思ったが、近くにある屋根の瓦が激しく振動している。瓦の間から土埃《つちぼこり》が舞い上がった。

彼方《かなた》まで続く屋根から同様の土埃が上がっている。

あちこちから悲鳴が聞こえた。

次々に屋根が崩れ、瓦が雪崩《なだれ》を打って落ちる。

電柱が大きく揺れ、電線が跳ね回る。

遠く近く、電線が切れて青白い火花を散らした。

道が、うねっていた。

凌雲閣に亀裂が入るのが遠目にもはっきりと見えた。煉瓦《れんが》が落下して行く。

阿鼻叫喚《あびきようかん》。

外に飛び出した人も、まともに歩けず、四つん這いになった。

随所から煙が上がり、すぐに炎が燃え上がった。黒煙の渦が空を覆っていく。

帝都が破壊されていく——。

炎の竜巻が天に昇る。

竜巻の下では、人が薪のように燃えている——。

唐突に幻視は終わり、賢治は篝火の炎を見つめている自分に気づいた。

二匹の妖精を離れればなれのままにしていたら、こういうことが起こるというのか——。

賢治の体は冷たくなった。

鈴木は、妖精琥珀を祀《まつ》った社の正面を盛岡に向けたら秋田戦争に敗れ、ロシアに向けたらかの国は日露戦争に敗れたと言った。それが本当に妖精琥珀の呪いであるのなら、帝都を崩壊させる力も持っているのかもしれない。

いや、偶然だ。わたしが生き返ったのは妖精琥珀の力だったかもしれない。それとて、内藤たちの話を聞いただけで、わたしの感覚としては、気を失って目覚めたにすぎない。

百歩譲って、妖精琥珀が人を蘇らせる力があったとしても、戦争の勝敗を左右させられるほどの力を持っているとは思えない。まして、帝都を崩壊させることなど――。

しかし、この幻視が妖精琥珀が見せているものだとしたら、何かの意図があるはずだ。

幻視でわたしに与えられたのは恐怖と焦燥。

一刻も早く、二つの妖精琥珀を一緒にしなければならないという思い。それを掻き立てるための幻視なのだ。ならば、トシに関わる幻視は？　わたしに、妖精琥珀はトシに会わせてくれる力を持っていると思いこませるためか――？

自分の体験だけで言えば、妖精琥珀はわたしを死の底から引きずり上げたこと以外、たいした現象を起こしてはいない。

精神に働きかけ、わたしの胸を締め付ける幻視、幻聴を起こすこと。わたしが望んだことをしてくれるわけではなく、わたし以外の者に何かを働きかけることもない。

いや、まて。鈴木がわたしの所に妖精琥珀を持ち込んできたことは？　わたしが樺太へ出張することになったのは？

妖精琥珀はそういう偶然を造り出すこともできるのか――。

なるほど、だとすれば、妖精琥珀は戦《いくさ》の勝敗を左右することはできないし、東京を壊滅させることもできない。

それが妖精琥珀の望むことでないのならば、おそらく、妖精琥珀には〈意思〉があるのだ。

ラスプーチンやわたしの復活も、幻視や幻聴も、別れ別れになっていた妖精たちを会わせることを目的としている。それを妖精たちは望んでいる。

妖精琥珀が二つ揃うとなにが起こる——？

わたしもラスプーチンも妖精たちの意思によって導かれているとすれば、つまり、妖精琥珀はこちらの都合で奇蹟を起こす呪物《じゅぶつ》ではないということだ。

わたしが気がついたくらいだから、ロシア帝国を牛耳ったラスプーチンならば、とっくに認識しているはずだ。

ならば、なぜこちらの妖精琥珀を欲しがる？

妖精たちの意思を押しのけてしまうほどの力をラスプーチンは持っているのか——？

わたしにはそんな力はない。

たとえ内藤たちがラスプーチンが持っている妖精琥珀を奪取できたとしても、わたしの望みは叶えられない——。

目の前の篝火が滲んだ。

ゆらゆらと揺れる炎の向こうに、あの朝のトシの部屋が見えた。

トシが暑がるから、賢治は外に出てさっき霙を取った松の小枝を手折って部屋に戻った。

冷えた松の葉をそっとトシの頰に当てると、妹はパッと目を開けて、その枝を賢治の手から取った。その動きが今にも事切れてしまいそうな病人のものではない素早さであったから、部屋の中にいた家族らは驚いた。

トシは熱で紅《あか》く染まった頰に松の葉を当て、匂いを嗅いだ。

「ああ……。まるで林のながさ来たよだ」

トシが言うと、部屋の中に松の香りが漂った。

ああ……。これは近所の松林ではなく、樺太の椴松林の匂いだ。

油絵の解油《ときあぶら》、ターペンテインにも似た匂い——。

トシは薄目を開けて母を見上げた。

「おら、恐《お》っかないふう、してらべ？」

諦観したような笑みを浮かべて、トシは自分が死の恐怖に怯《おび》えているように見えるかと訊いたのだ。

「うんにゃ」と母は首を振った。

「ずいぶん立派だじゃ。今日は本当に立派だじゃ」

母は必死に微笑もうとしたが、泣き笑いの顔にしかならなかった。

「それでも、体が臭いべ？」

「うんにゃ……」
トシの病床は樺太の、鈴谷平原の、花畑の中にあった。
病の人の臭いではなく、馥郁《ふくいく》たる花々の香りに満ちている。
ああ——。あの陰惨な日の病室が、一面の花の中にある。
妖精よ。やっとまともな幻視を見せてくれたな——。
トシの部屋は篝火の揺らめきの中に消えた。
妖精よ、そうやって、わたしを従わせようとするのか——。
賢治は奥歯を強く噛んだ。

第四章　祈り

一

深更――。

今夜はもう襲撃はないのではないかという雰囲気が、兵たちの間に漂い始めた。

内藤の配下たちはともかく、駐屯地から応援に来た兵士たちは、無惨な敵の死体は見たものの、匪賊《ひぞく》の類であろうという侮りがあった。

内藤も、『魔人のような者が襲撃してくる』と言っても信じるはずもないと、詳しい説明はしなかった。けれど、だらけて無駄話をしている者や、仮眠の順番ではないのに居眠りをしている者を乗馬用の鞭《むち》で叩《たた》きながら、野営地を歩き回っていた。

賢治とマチ子、オイタクシ、木村は、大きな焚《た》き火《び》の側《そば》に野営用の折り畳み椅子を置いて座っていた。小休止の兵が時々体を暖めたり、茶を飲んだりしたが、賢治たちの近くには寄ってこなかった。

賢治は興味はあったが訊《き》けなかったことを口にした。

「みなさんは、どうやって内藤さんと知り合ったんです？　それまでは何をしてたんです？」

不躾《ぶしつけ》な質問だから、ある程度気心が知れるまでは訊けないと思っていた。賢治は、共に死線を潜《くぐ》り抜けたと思っていたから、そろそろいいのではないかと考えたのだった。

「お前と我々は、ただの行きずりだ。この件が終われば、もう二度と顔を会わせることもない。身の上話を聞いたところで何になる」

オイタクシはぶっきらぼうに言った。

突っぱねられて、気心が知れたと思っていたのは勘違いだったかと賢治は恥ずかしくなった。

「あたしは付き合ってもいいわよ」

マチ子がホルダーに煙草《たばこ》を差す。すかさず木村が燐寸《マッチ》で火をつける。

「子供の頃に病にかかってね。目が見えなくなって瞽女《ごぜ》の元締んとこに預けられた」

瞽女とは、三味線を弾いてその日の糧をかせぐ盲目の女のことである。

「色々酷《ひど》い目に合って逃げ出して、イタコの師匠の所に転がり込んだ。盲目の女にゃあ、働き口の選択肢が少ないんだ……。三味線は上手《うま》くならなかったが、口寄せや加持祈禱《かじきとう》は驚くほど上達が早かった。師匠の知り合いの修験者に頼んで、女人禁制になってない霊山で修行もした。怨敵調伏《おんてきちょうぶく》の法も覚えて、瞽女の元締を酷い目に合わせてやった」

マチ子は楽しそうに笑った。

「会社の社長や政治家から、商売敵《がたき》や政敵を調伏して欲しいと頼まれて、やってやったよ。一回の調伏で、瞽女の頃の稼ぎの百倍以上はもらった。荒稼ぎが過ぎたんだろうね。内藤に目をつけられて引っ張り込まれた」

「何ていうか……。気の毒な話です」

賢治は言葉が見つからず、マチ子から目を逸《そ》らす。

「坊ちゃん育ちのあんたには、その程度のことしか言えないわねぇ。駄々っ子みたいに親父《おやじ》に逆らってみたり、ハイカラなものを飲み食いしたり、音盤《レコード》を集めたり。親父に文句を言いながら、脛《すね》をかじってる。あんたの妹は暖かい部屋の布団の中で家族に看取《みと》られながら逝ったんだろ？　それまで医者にもちゃんと診《み》てもらえた。瞽女をやっていた時のあたしの仲間の多くが、誰にも看取られずに野垂れ死にだよ。病に罹《かか》っても医者に診てなんてもらえない。野っ原で死んで、何日も気づかれず、野良犬に食い散らかされた骸《むくろ》で見つかった女もいる」

賢治は言い返せずに俯《うつむ》いた。

「どんな死に方であっても、死んだことそのものには違いはない」オイタクシがボソッと言った。

「肉親の死への悲しみは同じだ」

「何十人も人を呪い殺したあんたがよく言うよ」マチ子は鼻で笑い、賢治に顔を向ける。

「この爺《じ》ぃさんは、陵辱されたり殺されたりしたアイヌの復讐《ふくしゆう》に、和人《シヤモ》の役人や軍人、商人なんかを呪い殺してるんだよ。警察にとっ捕まって半殺しにされてたところを、内藤に助けられた」

オイタクシは焚き火を見つめたまま黙っている。

「宮澤さん、二人の話、信じる?」

木村がニヤニヤ笑いながら訊く。

「色々体験しましたから。それにわたしは科学者ではありますが、異世界とか異空間というものを信じています。そういう所からエネルギーを引っ張って来れば、様々な不思議を起こせると思います。それが本物か偽物かの見きわめは必要ですが」

賢治は今まで考えていたことを口にした。

「信じているのは法華経《ほけきよう》だけじゃなかったんだ」

「からかわないでください」

「失敬。次はおれの番だね。おれは樺太《からふと》アイヌで、ここからずっと北の知取町《しるとるまち》で生まれた。物心ついた時から、自分の変な力に気づいていた。友達数人と遊んでいると、見知らぬ子供が一人、二人増えている。けれどその子供たちはおれにしか見えない。そのことを友達に話したら気味悪がられたので、以後、絶対に口にしなかった。そのほかにも、裏返した紙に書かれている文字が見えたりね。そんな力については誰にも言わなかった。大人になって、それが金儲《かねもう》けになると気づいた」

「イカサマ賭博師」

マチ子が言った。

「そう。豊原に出てきて、和人相手にトランプ賭博で荒稼ぎさ。手品の口上じゃないが、種も仕掛けもありませんってやつだよ。けれど調子に乗って連戦連勝したんで目を付けられて、警察に密告された。で、とっ捕まって豚箱入り。まぁ透視術を使ったんだから、イカサマにはちがいないけど、法律じゃ裁かれないいんだからって、取り調べの時にやってみせた。そしたら何日かして内藤さんが現れたんだ。おれの力はたいしたことないから、オイタクシ師匠の弟子につけられた」

「あなたたち以外にも同じような力を持った人が沢山いるんですか？」

「いるわ」とマチ子が答えた。

「こういう力は不安定でね。どんなに強い相撲取りでも負けることがあるように、いつでも使えるわけじゃない。仕事の時には班を作って当たるのよ。それでも失敗はよくある。軍はたいしてあてにしてないのよ。それが内藤は気に食わない」

「でもこの仕事は『糞《くそ》みたいな』なんて言ってましたよ」

「この部署の責任者をしてるくせに、まだ半信半疑だったのよ。だけど、頼りにされていないっていうのは気に食わない。だから、〈妖精琥珀《フエーヤ インターリ》〉の力が本物らしいと分かって張り切っているみたいね」

「妖精琥珀の力、誤解しているような気がするんです」

「どう誤解しているんだ？」

木村が訊く。

「〈妖精琥珀〉は」オイタクシが言った。

「自らの望みを叶《かな》えることだけを考えている」

「考えている？」

木村が片眉を上げた。

「わたしもそう感じています。意思みたいなものがあって、それにわたしもラスプーチンも操られているって」

「だって、琥珀《こはく》の中の妖精は死んでるんだろ」

「魂も琥珀の中に閉じ込められている」マチ子が言う。

「あんたは感じない？」

そう訊かれて木村は首を傾《かし》げ、肩を竦《すく》めた。

「内藤の思惑は遂げられずに終わりそうだ」

オイタクシが言った。

「結末が見えるんですか?」

賢治はオイタクシの方へ身を乗り出した。

オイタクシは首を振る。

「結末が見えれば、〈妖精琥珀〉が何を望んでいるのかも分かるんだがな」

「夫婦か恋人で、離ればなれが寂しいから元通りになりたいっていうことじゃないのか」

木村が面白くもなさそうに言う。

「兄妹《きょうだい》かもね」

煙を吐きながら言ったマチ子の言葉に、賢治の心臓がキュッと収縮した。

何千万年も前に樹木から滲《にじ》み出した樹液に捕らえられた妖精の兄妹――。

彼らは何を望むのだろう?

あの日、わたしはトシと共に死んでしまうことを望んだ。けれどトシはそれを拒んだ。

同じ日に心臓が停《と》まり、そのまま数千万年も朽ちることなく琥珀に閉じ込められる死は、これ以上もない幸福なものに思えた。

ある日、琥珀は砕かれて、側にいたはずの妹は、羽根の一部だけを残してどこかへ行ってしまった。

妹の方にしても、兄が羽根の一部を残して消えた。

二匹の妖精の魂までが琥珀に封じられ、意思が残っているのなら、また一つになりたいと考えるだろう――。

「あるいは、二匹は敵同士で戦っている最中に樹液にくっついたんだったりして」

木村の言葉で思考が途切れた。

賢治は顔をしかめた。マチ子も同じ思いだったようで、

「ロマンのない想像ね」

と鼻に皺《しわ》を寄せた。

二匹の妖精は、再会した後、なにを望むだろう――。

元のように土の下に眠ることだろうか。

ならば、小久慈に持っていって、埋めてやるのがいいだろうが、それは内藤が許さない。

いや――。

それならば、今度は内藤を操って望みを叶えようとするだろう。

それならば――。

「なんだか、わたしは必要なかったんじゃないかって思えてきました」賢治は言った。

「内藤さんに妖精琥珀を預けても、ラスプーチンたちは追ってきたでしょう」

「それは今だから言えることよ」マチ子が言う。

「〈妖精琥珀《フエーヤ インターリ》〉のことなんか、なにも分からなかったんだから、あなたが何か必要があって選ばれたんだって判断してたのよ。確かに今から考えれば、東北本線の汽車の中で、あなたから〈妖精琥珀〉を奪っておけば、面倒は少なかっただろうけど。でもお陰で、蘇生《そせい》の検体が手に入ったって、内藤は喜んでいるわよ」

「やめてください」

賢治は口を歪《ゆが》めた。

東の空が白み始め、気温が下がって行く。

兵たちは寒さのためにさすがに眠気は吹っ飛んだ様子だった。しかし、もう夜が明けるから今夜の襲撃はないと、完全に気持ちは緩んでしまったようである。

内藤は気合いを入れながら野営地の中を歩き回っている。彼の配下は気を取り直したように背筋を伸ばすが、応援の兵たちは内藤の前ではシャキッとして見せるが、立ち去るとブツブツと文句を言っていた。

マチ子たちは話のネタも尽きて、居眠りをしていた。

しかし、賢治は眠れない。

腕組みをして首を垂《こうべ》れ、目を閉じるのだけれど、理由の分からない興奮で鼓動が速くなっているのだ。

どうしたのだろう——。

山を駆け回るのは馴《な》れている。だからたいして疲れてはいなかったが、眠っておかないと日中頭がぼんやりする。

草の上に寝転がった方が眠れると思い、やってみたがやはり駄目であった。

まるで、明日は登山という日の夜のように胸がときめくのだ。

何にときめいているのだ？　もうトシに会うことは叶わないだろうと分かっているのに、ああ、これは妖精に感応しているのか。

離ればなれになっていたもう一匹と、もうすぐ会えるというときめきが、わたしに感染しているのだ——。

もうすぐ会える——？

賢治は目を開けた。

黄金色の光が軍服の生地越しに滲み出している。その光はしだいに強くなって行く。

賢治は立ち上がり、叫んだ。

「内藤さん！」

その声でマチ子、オイタクシ、木村が目を開ける。

二

内藤は野営地の端にいて、賢治の方を振り返った。焚き火の近くに立った賢治の胸が輝いている。その光は焚き火のそれより数段明るかった。

内藤は笛を吹き鳴らした。

兵士たちは軽機関銃に駆け寄る。短機関銃を構えて天幕から飛び出して来る者もいた。

＊　＊

ほぼ同時に、土嚢《どのう》の向こう側に人影が現れた。十数挺《ちょう》の軽機関銃のすぐ側であった。土嚢を遮蔽物として、真ん前まで忍び寄っていたのだった。

人影の腕が振られ、白刃が煌《きら》めく。

五人の機関銃手の首が飛ぶ。

残りの機関銃手は辛くも飛び退《の》いて攻撃を避けた。

人影たちは土嚢を跳び越えた。

その数五十。血にまみれたサーベルを手にしている。きっと、あちこちにいる歩哨《ほしょう》たちを音もなく殺して来たのだろう。

短機関銃を持つ兵たちが、人影に向かって一斉に射撃する。銃声が交錯する。

人影は次々に倒れていくが、土嚢を越えて来る者たちの数は増えていく。仲間の死骸を踏みつけて、ジグザグに走り、短機関銃手に刃を振るう。

軍刀を持つ兵たちは果敢に敵に斬りかかる。

＊　＊

賢治たちの周りに兵が集まる。賢治を中心にして、五メートルほどの距離を空けてマチ子、オイタクシ、木村が囲む。その周囲に軍刀を持った兵、さらに外側に短機関銃や拳銃を構えた兵が外に向けて銃を構えている。

賢治の胸の光はさらに光度を増す。

熱はまったく感じられなかったが、賢治は眩《まぶ》しくて顔を横にした。

＊　＊

土嚢の向こうに大きな影が現れた。

鍔《つば》の広い帽子を被《かぶ》ったその身の丈は二メートルに近かった。

人影は土嚢を乗り越える。あちこちの篝火《かがりび》が男を照らした。黒い背広姿。長い髭《ひげ》が胸の辺りに届いている。長い髪を後頭部で紅《あか》いリボンで結んでいた。

髭の下のシャツが黄金色に輝いている。

軍刀とサーベルが打ち合い、怒号があちこちから響く野営地の中を、大男はゆっくりと歩いた。

＊　＊

ドキンッと心臓が鳴った。鼓動が不規則に打つ。

賢治は顔の左側を無数の細い触手で撫《な》でられたような感覚を覚え、そちらを向いた。

大男がこっちに歩いて来るのが見えた。

次にマチ子が気づいた。

「来たっ！」

オイタクシと木村も大男を見た。

「ラスプーチンだ！」

木村が叫んだ。

複数で敵と戦っていた兵たちが、パッと身を翻してラスプーチンに駆け寄る。

内藤も走った。

ラスプーチンの背後から新手の敵が十人現れてその回りを囲んだ。

サーベルを抜きはなって、兵の軍刀と斬り結ぶ。

十人は手練《てだ》れであった。斬りかかってくる兵たちを二手、三手で斬り倒し、ジリジリと賢治を囲む防衛線に近づいて行く。

ラスプーチンの目は、賢治を見つめていた。

まだ二十メートル以上離れているのに、その黒々とした目ははっきりと見えた。

幻視が賢治を襲った。

アレッサンドロ・モレスキの〈アベ　マリア〉が聞こえている――。

＊　＊

ラスプーチンが修行僧時代から発揮した〈他人の病や怪我《けが》を治癒させる能力〉は、確かに効果があるものであった。通常の医学を用いた治療よりも、彼の施術の方が数倍早く症状を押さえられたし、傷の治りもよく、痕が残らない者もいた。ラスプーチンは民衆に〈神の人〉と讃《たた》えられ、その評判はすぐに上流階級にまで届いた。

一九〇〇年初頭のロシアでは、神秘主義に傾倒する貴族らが多く、ラスプーチンは彼の力を盲信するピョートル大公の妻ミリツァ・ニコラエヴナと妹のアナスタシアによって皇帝ニコライ二世に紹介され、宮殿に出入りするようになった。

ラスプーチンは、学のない男だったが、自分の力を冷静に分析していた。なぜ、自分が手をかざしたり、患部をさすったりすることで病や怪我が治るかは分からない。しかし、ラスプーチンの治療を受けた者でも悪化の一途を辿《たど》る者がいたし、死ぬ者もいた。

自分は〈神の人〉ではないし、能力には限界がある――。

致命的な怪我や、不治の病などは治療することは不可能で、そういう患者を前にした時、患者と家族の意識を、〈安らかな死〉を望む方向へ誘導した。

だが――。皇帝の一族に対してはなかなかその方法は通用しない。

治せという命令は絶対なのである。

過激派の爆弾によって負傷したピョートル・ストルイピンの娘を治療している時、次は大変な治療を依頼されるのではないかと、ラスプーチンは恐れていた。

皇太子のアレクセイは血友病であった。

血液が凝固しづらい病で、一度出血するとなかなか止まらない。体内で出血すると命にかかわる。

アレクセイの血友病は極秘にされていたが、ラスプーチンは宮廷内の人脈からその情報を得ていた。

本来は、〈安らかな死〉を望む方向へ導く案件である。しかし、アレクセイを見捨てれば皇帝の信頼はそれを機に薄れていくだろう。

極秘であるからまだラスプーチンに治療の依頼はない。けれど、アレクセイの血が止まらなくなるという事態が起こり、医師らも止血に失敗すれば、自分が呼ばれることになる——。

自分の能力の限界を越えた病は治療できない。宮廷での自分の地位もそこまでか——。

そう覚悟を決めていたラスプーチンだった。

しかし、もしかしたら救えるかもしれないという一縷《いちる》の望みがあることを知った。

それは、ミリツァ、アナスタシア姉妹に招かれた夏の日のお茶会の席であった。雑談で、ロマノフ家に伝わる〈何でも望みを叶えてくれる琥珀〉の話題が出た。

けれど、望みを訴えても誰も叶えてもらったことなどないとミリツァは笑った。

呪物《じゅぶつ》というものは、常人が祈願しても何も起こらない。それなりの力を持った者との相乗効果で強い呪力を発揮するのだ。

ラスプーチンはそれを見てみたいと言った。

ラスプーチンには、宮廷の女たちと肉体関係があり、性技によって彼女らを操っているのだという噂《うわさ》があったが、それはまったくの嘘《うそ》であった。女たちはラスプーチンが全身から濃厚に発する神秘性に心酔し、すべてを肯定して受け入れていたのである。

姉妹は二日後にまたお茶会に来てくれと答え、その席に紫檀《したん》に金装飾を施した宝石箱を持ってきた。

使用人を遠ざけたテラスのテーブルに置かれた宝石箱は、異様な気配を放っていて、ラスプーチンは震えた。

宝石箱の周囲が、夏の陽炎《かげろう》のように揺らめいていた。

それは、何でも望みを叶えてくれるというより、人を取り込み操って、己の望みを叶えさせてやろうという魔物の気配のように感じた。

いずれにしろ、強い力を持つ呪物には違いない――。

箱の中のものは、己の望みを叶えてくれそうな人物が側に来たことに気づいたのだろう。陽炎が大きく揺らめき、目に見えぬ触手のようなものが伸びてきて、自分の体をまさぐっていることをラスプーチンは感じた。

汝《なんじ》の望みは叶えてやる——。

ラスプーチンは箱の中のものに語りかける。

だから、こちらの望みも叶えよ——。

ラスプーチンは丹田《たんでん》に力を込めて、箱の中のものの力に負けぬように語りかけた。

ミリツァとアナスタシアには陽炎の揺らめきが見えていないのだろう。楽しげに話しながら、凝った細工の鍵で、箱の錠を開けた。

箱の正面をラスプーチンに向け、姉妹はその後ろで微笑《ほほえ》みながら、ゆっくりと蓋を開けた。

真夏の陽光が箱の中に射《さ》し込んだ。

琥珀を透かした光が白い絹の敷物を淡い黄色や黄金色に染めた。

子供の握り拳くらいの大きさの琥珀の塊である。中に影があった。

ラスプーチンは顔を近づける。

体をよじって上方へ腕を伸ばす人のような形のもの。背中から蜻蛉《とんぼ》のような羽根が伸びている——。

「凄《すご》いでしょ」アナスタシアが上擦った声で言う。

「妖精が閉じ込められているのよ」

アナスタシアはそう言ったが、ラスプーチンには蜻蛉の羽根をもった悪魔に見えた。

「水兵が日本から盗んできたんですって」

ミリツァが言う。

ラスプーチンは瞬《まばた》きもせずに〈妖精琥珀《フエーヤ インターリ》〉を見つめ、肯《うなず》いた。

心の中で言葉にならぬ言葉で会話し、ラスプーチンは琥珀の中の妖精と取り引きした。

案の定、それから数日後に、アレクセイ皇太子は発作を起こし、ニコライ二世はラスプーチンを呼んで治療を命じた。

ラスプーチンは〈妖精琥珀〉を懐に忍ばせて祈りを捧《ささ》げた。

神秘的な治療の効果など信じない宮廷の医師団が冷たい目で見る中、ラスプーチンが祈りを捧げるとアレクセイの発作は収まった。

ニコライは喜びの叫びを上げてアレクセイの寝台に駆け寄る。

その隙にラスプーチンは側で見守っていたアナスタシアに歩み寄り、〈妖精琥珀〉をこっそりと返す。

「元に戻しておくのだ」

ラスプーチンの命令に、アナスタシアは怪訝《けげん》な顔で肯いた。

翌日、アレクセイの症状は完全に落ち着き、ニコライ二世はラスプーチンを呼び、褒美は何がよいかと訊《たず》ねた。

「〈妖精琥珀〉を」

ラスプーチンは膝を折って求めた。

その願いは叶えられ〈妖精琥珀〉は正式にラスプーチンのものとなった。

＊　＊

幻視の場面が変わった。

モイカ宮殿、地下の応接室である。天井から壁にかけてのアーチ状の意匠がいかにも地下室で、葡萄酒蔵《ぶどうしゅ》を思わせた。

さっきまでフェリックス・ユスポフが座っていた向かい側の長椅子は空であった。ユスポフは、ロマノフ家よりも財産を持っていると噂される貴族の家柄であった。

どうやら酔って眠ってしまったようだ――。

ラスプーチンは椅子に座り直す。

背後で足音がした。

ユスポフが戻ってきたのだと思い、振り返ろうとした。

銃声が二発聞こえた。背中に二度、強い衝撃があった。

ラスプーチンは床に倒れた。

なにがあった――。

床に手を突いて身を起こす。胸から血の筋が垂れた。

撃たれたのか――。

ラスプーチンは椅子の後ろに立つ人物を見た。ユスポフだった。唖然《あぜん》とした顔でこちらを見ている。見る見る恐怖の表情が広がり、踵《きびす》を返して逃げ出した。

「謀ったな、ユスポフ！」

ラスプーチンはユスポフを追って階段を駆け上がる。

二発も撃たれたのに、なぜこんなに動けるのだ――？

ラスプーチンは胸を押さえる。衣服が吸った血は掌《てのひら》についたが、出血は止まっているようだった。

〈妖精琥珀《フェーヤインターリ》〉のお陰か――。

以前、暴漢に腹を刺された時も、すぐに痛みも出血も収まったので敵を倒すことができた。

ラスプーチンは雪の積もる中庭に出た。

ユスポフは、逃げ場を失って壁に背を当ててラスプーチンに拳銃を向けている。

「撃ってみろ！　おれは死なぬ！」

ラスプーチンは両手を広げて高笑いする。

後ろから慌ただしい足音。

四発の銃声。

後ろから蹴り飛ばされたような衝撃があり、ラスプーチンは倒れた。

撃たれたというのに痛みはない。ただ、弾が当たった場所がとても熱い。

やはりおれは〈妖精琥珀〉のお陰で不死身になったのだ――。

ラスプーチンは身を起こして膝立ちになる。

ユスポフがこちらに駆け寄った。その顔は紅潮し、怒りに歪んでいる。

「お前がいれば国が滅ぶ！」

ユスポフはラスプーチンの顔を蹴りつけた。

足音が近づき、ユスポフとその仲間、ウラジミール・プリシケヴィチが上から覗《のぞ》き込んだ。

ラスプーチンは二人を見上げる。右目は見えなかった。

「まだ生きているのか」

ユスポフの顔に恐怖の表情が浮かぶ。

「お前、おれが妬ましくて殺そうとするのか？」

ラスプーチンは血まみれの歯を剝《む》きだして笑った。

ユスポフは何か叫びながら、回転式拳銃をラスプーチンの顔に向けて、引き金を引いた。

額に強い衝撃を感じ、後頭部が雪の地面に叩きつけられた。

視野は真っ暗になり、地の底へ堕《お》ちて行く意識の中で、微《かす》かに「ペトロフスキー橋から捨ててしまえ！」と言うユスポフの声が聞こえた。

＊　　＊

「しっかりして！」

マチ子の怒鳴り声が聞こえて、頬を衝撃が襲った。

賢治は左頬を押さえて何度か瞬きをした。

「ああ、ありがとう……。今、異空間でラスプーチンの暗殺の場面を見ていた」

モレスキの歌声は消えていて、賢治はラスプーチンの方をチラリと見た。

距離は十メートルほどに縮んでいる。いつの間にか野営地に散っていた彼の配下がその周りに全員集まって、兵たちと戦っている。

「あなたは結界を出ようとしていたのよ」

マチ子は険しい顔をしていた。

どうやら、マチ子、オイタクシ、木村の三点を結ぶ三角形が結界となって霊的に賢治を守っていたようだった。

「つまり、あなたたちの術はラスプーチンには効かないってことですか」

「あんたが気をしっかり持っていれば、結界は有効なのよ。あっちを見ちゃ駄目」

マチ子の言葉に、賢治は慌てて視線を逸らした。

怒号。断末魔の悲鳴。刃が打ち合う音。時折銃声。

修羅だ――。

今、自分は修羅の中にいる――。

「気をしっかり持つのよ。あんたはこれから、ラスプーチンと対決するんだから」

「えっ？」

賢治はマチ子を見た。

マチ子は青い色眼鏡《いろめがね》の向こうの盲《めしい》た目を、睨《にら》むように賢治に向けている。

「あたしたちがお膳立てをする。あたしが言うとおり動けばいいの。そうしなければ、全員やられるわ。分かった？」

「はい……」

マチ子の迫力に気圧《けお》されて賢治は答えた。

ラスプーチンの配下の輪が、賢治の防衛線に接した。

内藤が先頭の中に飛び込んで、軍刀を振るいながら、兵たちを誘導する。

防衛線が切れた。

ラスプーチンの配下の輪も切れた。二つの輪に通路が出来た。

ラスプーチンが走る。賢治の防衛線の中に飛び込んだ。

内藤は兵を促して通路を閉じ、ラスプーチンの配下たちを押した。

賢治の防衛線から離されたラスプーチンの配下らは、散開して防衛戦を取り囲み、攻撃する。

修羅の叫びと刃が打ち合う音の中、ラスプーチンと賢治は対峙《たいじ》した。しかし、賢治はラスプーチンの顔を見ないように、視線を彼の足元に向けた。

マチ子とオイタクシ、木村が二人を三角形の中心になるよう移動する。

ラスプーチンは金壺眼《かなつぼまなこ》を大きく見開き、大きな右手を差し出す。

「フェーヤ インターリ」

低く響く声で、ラスプーチンは妖精琥珀を求めた。

「ドシテク ニケニケ シナシナ――」

腹に響くようなオイタクシの声。

「ナマク サマンダ バサラダン カン――。この怨敵を搦《から》めとれとの大誓願なり――」

木村が唱える。

「タラタ カンマン ビシビシ バク ソバカ!」

マチ子が印を結んで真言《しんごん》を叫ぶ。

不動金縛りの術――。しかし、ラスプーチンは笑みを浮かべ、汚れた歯を剝きだして、

「フェーヤ インターリ!」

と言いながら、賢治に一歩近づく。

「どうやれば術が効きます？　こいつの気持ちに隙を作ればいいですか？」

「なにをするつもり？」

マチ子が短く訊き、すぐに真言を唱える。

「いいから。気持ちに隙を作れば術が効きますか？」

賢治の問いに、マチ子は真言を唱えながら肯いた。

賢治は、これから自分がする行動をどう説明しようかと迷った。ラスプーチンは日本語を解さないだろうが、魔人とも呼ばれた男である。どんな術を使ってこちらの意思を知るやもしれない――。

数瞬の間に、ラスプーチンは五メートルほどの所にまで近づいていた。

ええい、ままよ――。

「わたしがなにをしても、考えがあってのことですからね」

賢治は首の紐《ひも》を引っ張り、服の下から黄金に光る袋を取りだした。

マチ子、オイタクシ、木村の顔に驚きが走る。

ラスプーチンはニヤリと笑い、催促するように突き出した右手を振る。

賢治は袋を高く放り上げた。

ラスプーチンは袋の行方を追い、顔を仰向《あおむ》け、両手を差し上げた。

「ドシテク　ニケニケ　シナシナ！」

周囲の戦いの音を圧して、オイタクシのアイヌの呪文が響く。

ラスプーチンの動きが止まった。

「——締めよ　締めよ　金剛童子《こんごうどうじ》　締めよ！　タラタ　カンマン　ビシビシ　バク　ソバカ！」

木村は修験道の呪文を叫ぶ。

天に手を差し上げたまま固まったラスプーチンの足元に袋は落ちた。その中から転がり出たのは、殿山から返された琥珀の欠片《かけら》だった。

ラスプーチンは目だけでそれを見て、獣のような唸《うな》り声を上げた。唇から唾液が糸を引いた。

「ナマク　サマンダ　バサラダンカン　アビシャロキャ　ウンハッタ！」

マチ子が印を結んで真言を唱える。それを一度切って、賢治に顔を向ける。

「ラスプーチンから〈妖精琥珀《フェーヤインターリ》〉を奪って！」

賢治はラスプーチンの元へ走る。

しかし、両手を上げたラスプーチンの姿は、今にも襲いかかって来そうで恐ろしく、二メートルほど手前で立ち止まってしまった。

「大丈夫だ。奴《やつ》は動けん！」

オイタクシが言う。

「はい……」

賢治は恐る恐るラスプーチンに歩み寄る。

ラスプーチンの真っ黒な目が賢治を睨む。

異様に黒い光彩。いや、これは瞳孔が開ききっているのだ――。

「こいつ、死んでいますよ！」

賢治は悲鳴を上げる。

「そんなこと、出てきた時から感じてたわよ！　死人《しびと》を〈妖精琥珀〉が操っているの！」

「それじゃあ、わたしも死んでるんですか？　死んで、妖精琥珀に操られているんですか？」

「あんたは生きてるよ！　そんなことは後から説明してやるから、早く〈妖精琥珀〉を取って！」

「はい……」

賢治はもう一歩ラスプーチンに歩み寄り、髭を掻《か》き分けてシャツのボタンを外す。

饐《す》えたような臭いがして、賢治は顔をしかめた。

首から下がった銀の鎖を引っ張り上げる。

目映《まばゆ》い黄金色の光が現れた。

賢治の目が眩《くら》む。

目映い光は一転、暗黒となった。

*　　　*

モレスキの〈アベ　マリア〉――。

寒々とした曇天の下、黒い林を背景に、大きな火が燃えている。それを囲む黒衣の人々。

火葬場が火事で全焼していたので、トシは野辺焼きで送ることとなった。

賢治は柩《ひつぎ》の下の薪に火が点《つ》けられた時からずっと経を唱え続けている。

柩が燃え落ち、トシの肉体が燃える。

トシを天へと送る神聖な儀式だというのに、炎の向こうで無惨な光景が展開する。

賢治の胸が切り刻まれる。

炎の中のかわいそうなトシの姿は、地上の穢《けが》れをすべて清めてしまうため。

それを捨ててトシは天に昇るのだ。

ああ、モレスキの歌は、とても相応《ふさわ》しい――。

トシは灰と水蒸気になった。水蒸気は雲になりやがて雨となって降り注ぎ、大海に流れ込み、蒸発して雲になる。灰は土に還《かえ》り、植物に吸収され花を咲かせ、やがてそれは枯れて土に還る――。

トシは天に昇り、地に還った。

トシは大いなる循環の中に組み込まれたのだ。やがてわたしも死んだなら、その循環に組み込まれて、幾星霜を経て、トシを構成していた酸素と水素や炭素、カルシウムなどと邂逅《かいこう》することもあるかもしれない。わたしとトシばかりではない。生きとし生けるものたちはすべて、死という儀式の先で純粋なものとなって結びつきあい、新しい命の支えとなる。

トシが死んだ次の朝、真っ白い鳥が朝日の中を飛んでいるのを見た。わたしはそれをトシだと思った。

夜汽車に揺られながらわたしは、トシが寂しい林の中の鳥になったと夢想した。

連絡船で宗谷《そうや》海峡を渡っていた時には、トシが水底から呼んでくれれば、いつでも落ちていくと思った。

栄浜の海岸では、雲の切れ間から見える青い空にトシがいると思った。

灰と水蒸気になったトシはどこにでもいるのだ――。

ならば――。

トシの骨を拾う賢治は黄金色の光を見た。

大いなる循環から隔絶され、何千万年もの苦悩の中にいた妖精たちは――。

「何をやってる！　早く取れ！」

内藤が怒鳴っている。

賢治は我に返った。どういう状況であったか思い出した。

トシを焼く長い長い間が経《た》ったと思ったのに、ほんの五、六秒のことであったようだ。

賢治はラスプーチンの胸元から妖精琥珀を引っ張り出し、鎖を引きちぎった。

ラスプーチンは天を仰いだまま、絶叫を迸《ほとばし》らせた。

「よくやった！　早く戻って来い！」

内藤は手招きする。

ラスプーチンの配下たちは、主を助けようと激しく兵たちと衝突する。中には逃げ出す者もいた。

賢治はズボンの尻ポケットから、幾重にも布で包んだ妖精琥珀を取りだした。布を解き、二つの妖精琥珀を合わせる。

割れ目はピッタリと重なったが、ラスプーチンや賢治が削った痕がでこぼこになっていた。

光が弱まって行く。

琥珀の中の様子がよく見えた。

ラスプーチンの琥珀の妖精の方が上、賢治の妖精の方が下に位置しているようだった。

互いに腕を伸ばして手を繋《つな》ごうとしているように見えた。しかし、ほんの一センチほどの距離が、それを拒んでいた。

賢治には二匹の妖精が恋人や夫婦、敵同士などではなく、本当に兄妹であったように思えてきた。

妖精たちはなにを求めている？

賢治は歩き出す。

その動きに合わせてマチ子たちも動き、結界を移動させる。

「宮澤！　何をする気？」

マチ子が叫ぶ。

「生き物は自然の中に回帰することこそ本望」

賢治は呟《つぶや》くように言った。

そして、ラスプーチンの琥珀に取りつけられていた鎖で二つの妖精琥珀をグルグル巻きにして、解《ほど》けないように結んだ。

「おい！　どこへ行く！」

内藤は叫び、今まで刃を打ち合わせていた敵を斬り倒し、防衛線の中に飛び込んだ。

賢治は焚き火の側まで歩いた。そして、

「天へ昇り、地に還れ！」

と叫んで、妖精琥珀を焚き火の中に放り込んだ。

「ああっ！」
内藤は賢治のすぐ後ろまで来ていたが、間に合わずに叫び声を上げた。
琥珀は炎を透かし、妖精たちの影を揺らめかせた。
表面が溶け、引火した。
マチ子、オイタクシ、木村の集中が途切れた。
ラスプーチンが雄叫《おたけ》びを上げて焚き火に突進する。
マチ子たち三人は気を取り直し、呪文や真言を叫ぶ。
ラスプーチンは焚き火の中に飛び込み、妖精琥珀に手を伸ばす。
しかし、その体は目に見えぬ鎖で絡め取られたように動きを止めた。
ラスプーチンの着衣に火が移る。髭や髪も燃え上がる。
なんとか炎から抜け出そうとするが、燃え上がる体が震えるばかりだった。
ラスプーチンは咆吼《ほうこう》を上げる。
内藤は命令を迷っていた。
金縛りを解くよう命じれば、ラスプーチンが〈妖精《フェーヤ》琥珀《インターリ》〉を奪ってしまうだろう。
解かなければ、ラスプーチンも〈妖精琥珀〉も燃えてしまう。
「くそっ！」
内藤は焚き火に走る。

燃えるラスプーチンの横から炎に手を突っ込もうとした時だった。

妖精琥珀が緑色の炎を上げた。

内藤は思わず仰《の》け反《ぞ》った。

緑色の炎は烈火となって渦巻く。

炎の尖端《せんたん》から淡い青色を放つ二つの光が飛び上がった。

光となった二匹の妖精は、じゃれ合うように螺旋《らせん》を描いて天に昇って行く。幾つもの火花が光跡となって散った。

数千万年閉じ込められていた魂が、今解放された——。

賢治は微笑みながらそれを見送った。

マチ子の真言と、木村の呪文が止まった。

呆然《ぼうぜん》と青白い光が小さい点となって消えて行くのを見つめていた。

オイタクシばかりがアイヌ語の呪文を唱え続ける。

一本の松明《たいまつ》となったラスプーチンが、ゆらりと動いた。

掠《かす》れた雄叫びを上げて、賢治に襲いかかる。

賢治は素早く飛び退いた。

内藤が舌打ちしてM18の引き金を引いた。

銃声が連続し、ラスプーチンの体に着弾する。服の切れ端が飛び散り、血飛沫《ちしぶき》が上がる。

ラスプーチンは後ろ様に倒れた。

内藤は短機関銃を放り投げて、上着を脱ぎ、ラスプーチンに駆け寄って火を消した。そしてポケットから細引きを出し、煙を上げるラスプーチンを縛り上げようとして、動きを止めた。

焼け焦げた衣服や皮膚の下から、腐敗して溶けかけた肉が覗いていた。腹が破れ、腹腔《ふくこう》から粘液状のかつて内臓だったものが流れ出した。

強烈な臭気に内藤は顔を歪め、手で鼻と口を覆い、

「何だこりゃあ……」

と絶望的な顔でマチ子たちを見る。

「腐ってるぞ！」

「とっくに死んでたのよ。妖精たちが行っちゃったから、死人《しびと》に戻ったのよ」

マチ子が答えた。

「なら、なぜこいつは生きてる？」

内藤は賢治を指差して怒鳴る。

「妖精たちの望みを叶えた褒美かもしれんな」

オイタクシが呪文を唱えるのをやめて、答えた。

「この……」

内藤は怒りの形相で賢治に歩み寄る。

「あなたの思った結果にならず、すみませんでした。だけどわたしは、間違ったことはしなかった。殺すなら、殺してください！」

威勢よく叫んだが、賢治はへっぴり腰で後ずさった。

内藤は素早く動き、賢治の襟を摑《つか》みグイッと引き寄せた。

「殴る？　撃ち殺す？」マチ子が腕組みしながら訊く。

「宮澤のせいで、〈妖精琥珀《フエーヤ　インターリ》〉は燃えてしまったわ。今までのことが全部水の泡。死人、怪我人もたくさん出たわね。責任を取ってもらわなきゃね。東京へ連れてって、蘇生の秘密を探るために、実験班に生体解剖させる？　ラスプーチンはそうするつもりだったでしょう？」

「解剖したところで、〈妖精琥珀〉が無くなっちまったんだから意味がない」

内藤は賢治を突き放す。

賢治は尻餅をついた。

「失《う》せろ。お前にはもう用はない」

内藤はM18を拾い上げて言った。

ラスプーチンの蘇生を信じている配下たちはまだ戦い続けている。しかし、兵に倒されたり逃げ出したりしてすでに二十人ほどに減っていた。

「射殺してよし！」

内藤は叫ぶ。

兵たちは短機関銃や拳銃を構える。

二十数人の敵は倒れて煙を上げるラスプーチンに目をやり、もう蘇生はしないだろうと判断したか、半数はサーベルを捨てて両手を上げ、半数は土嚢の方へ走った。

短機関銃を持った者たちが前に出て、逃げる敵に銃弾を浴びせる。

数人が土嚢を乗り越えて野営地の外へ出た。

六人の兵が土嚢に設置した軽機関銃に駆け寄って、逃げていく敵を撃った。腹に響く銃声の連続音が何回か響き止まった。

投降した敵は兵たちに縛り上げられる。そして、野営地の外に停めた貨物自動車に連行された。

賢治はのろのろと立ち上がった。

木村が近寄ってきて、賢治の肩を叩いた。

「ラスプーチンは暗殺されてから七年生きた。そのくらいは魔法が効いて生きていられるかもしれないね」

「まぁ、悪い夢だったと思って忘れることね」

マチ子がホルダーに煙草を差す。木村がすかさず燐寸《マッチ》を擦った。

「あの様子なら、内藤はもうあんたに関わらないわ」

マチ子は、遠くで兵たちに指示をする内藤の方へ煙を吹き出した。

「あなたの口添えのおかげで助かりました」

賢治はマチ子に頭を下げた。

「口添え？」マチ子は賢治に煙を吹きかける。

「夢見が悪いことをしたくなかっただけよ」

「お前は足腰には自信があるか？」

オイタクシが訊く。

「はい、登山をしますので」

「ならば、豊原へ歩いて帰れ。あの宿に行けば一晩は泊めてくれるだろう」

「洗濯したあんたの服は宿に届いているはずだ」

木村は言って煙草を吸いつけた。

「早く行きなよ」

マチ子が追い払う手つきをする。

「余計なことを言いふらすと、内藤が行くからね」

「ご心配なく。全部、悪い夢でしたから」

賢治は力無く笑うと、トランクを取りに自分の天幕へ戻った。

三

賢治が豊原に戻ったのは東の空に日が昇ってすぐだった。町の中にはピリピリした様子の兵士が往《い》き来《き》している。昨夜の銃撃戦の影響のようだった。

宿の受付には殿山はおらず、見知らぬ男が「お洋服は箪笥《たんす》の中に吊《つ》っておきました」と言った。

「今日も泊めてもらえるでしょうか？」

と賢治が訊くと男は帳面を見て、

「今日までのお代をいただいておりますが」

と怪訝な顔をした。

「ああ、そうでしたか……」

賢治は作り笑いをして部屋の鍵を受け取り、二階に上がった。宿のあちこちから大工仕事の音が聞こえている。ラスプーチンの配下に破壊された所の修繕をしているのだろう。

賢治は部屋に入り、寝台に体を投げると、すぐに鼾《いびき》をかき始めた。

目が覚めたのはノックの音でだった。

「宮澤さま。細越さまがお見えです」

と受付の男の声が言った。

起きあがると窓の外は茜《あかね》色に染まっていた。

賢治は「今、着替えて下ります」と答えて、急いで洋服簞笥から麻の背広を出して着こんだ。血痕はどこにも見あたらなかった。

悪い夢ではなかったことははっきりしていたが、そう思い込むことはできそうな気がした。

もしかすると、世の中、このように隠蔽されて行くことはよくあるのかもしれないと思った。

しかし、賢治が着ていたのは軍服で、着替えの途中で上着のポケットに拳銃が入っているのに気がついた。ひんやりとした鉄の塊は、昨夜の出来事をありありと思い出させた。

賢治は脱いだ軍服を畳んで寝台の上に置き、その上に拳銃を載せて部屋を出た。

階段を下りていくと、ロビーに立っていた細越が手を上げた。

「よぉ。昨夜は大変だったな」

賢治は一瞬、なぜ昨夜の出来事を知っているのかと思ったが、細越が言っているのは

町中の騒ぎのことだと理解し、

「部屋の中で震えていました」

と返した。

「この宿も襲撃されたんだろう？　よく無事だったな」

「宿の従業員たちが撃退してくれたようで」

賢治が顔を向けると、受付の男は会釈した。

「明日は帰るんだろ？　今夜は飲もうや」

細越は賢治の肩を叩き、出口に誘う。

「そうしましょう」

賢治は受付の男に鍵を渡し、「脱いだ服を置いておきましたのでよろしく」と告げ、
細越と共に宿を出た。

＊　＊

細越が立派な料亭で芸者を揚げる宴《うたげ》を催してくれたものだから、そういう席に馴れない賢治は、持ち金の大半を祝儀として女たちに与えてしまった。死線を乗り越えた緊張の反動もあった。

帰りの汽車賃もおぼつかなくなったので、細越に連絡船の切符を買ってもらった。

部屋に戻ると、軍服と拳銃は無くなっていた。

翌朝——。

宿を引き払う日であったが、連絡船が出るのは夜である。

受付の男にそれまでロビーの椅子を貸してくれとたのみ、旅行中にメモをしておいたものを使い、何編かの詩をしたためた。

午後九時。連絡船は大泊港を出た。

内藤やマチ子、オイタクシ、木村がそばにいないのが、何だか寂しく感じた。

もしかするとどこかにいるのではないかと、大部屋をうろうろ歩き回ったり、一等客用の食堂を覗いたりしたが、当然、彼らの姿はなかった。

賢治は甲板に出て、手摺《てす》りにもたれ暗い海を見た。

大泊の港は遠くに離れて、別の銀河のように家々の灯《あか》りを散らしている。

空には本物の星空。町明かりがないので、全天が星の海である。

船の揺れが浮遊感を呼び、賢治は宇宙のただ中に浮いているような感覚を覚えた。

あの星々までの、そしてその星と星との間の距離が何万光年、何十万光年あるとすれば、なんと宇宙の広いことか。

星空を見上げるたびに思うことが、世界の半分を支配する星空を見上げているとさらなる実感を伴って迫ってくる。

自分など塵《ちり》よりも小さい——。

なんと陳腐な感慨と苦笑した途端、分子や原子や電子のことに思いが飛んだ。

物質の中にも広大な宇宙がある。

それらが本当の宇宙の中にちりばめられている。

異空間まで入れればどれだけの広さだろう。

無限――。

そのことに賢治は気が遠くなった。

そんな中のささやかな死――。

トシは死によって無限に拡大し、そして偏在するものとなったのだ。

妖精琥珀は幻視しかもたらさなかったが、トシへの思いに一つの区切りをつけることができたような気がした。

「ああ、明日の朝は琥珀色の夜明けを見に、甲板に出てみよう」

賢治は呟き、手摺りから体を離し客室に向かった。

どこかの客室からモレスキの歌が聞こえた気がして賢治は少し不安な思いにかられたが、それはすぐに聞こえなくなった。

主な参考文献

『年譜　宮澤賢治伝』堀尾青史著（中公文庫）
『宮澤賢治年譜』堀尾青史編（筑摩書房）
『琥珀誌』田村栄一郎著（資料出版くんのこ会）
『新版　宮澤賢治愛のうた』澤口たまみ著（夕書房）

宮澤賢治の詩

「永訣の朝」「松の針」「無声慟哭」「白い鳥」「青森挽歌」「青森挽歌　三」「津軽海峡」「旭川。」「宗谷挽歌」「オホーツク挽歌」「樺太鉄道」「鈴谷平原」「噴火湾（ノクターン）」

以上の資料を参考にしました。また、宮澤賢治の詩の一部を参照・引用しています。
本書はフィクションです。

解説

三田主水

今年（二〇二三年）没後九十年を迎える宮澤賢治《みやざわけんじ》（宮沢賢治）は、長らく国民的作家として親しまれてきましたが、今なお賢治自身の著作だけでなく、様々な関連書籍、作品等が次々と刊行されています。しかしそんな賢治にまつわる作品の中でも、最もユニークなものが本作であることは間違いないでしょう。何しろ本作は、今からちょうど百年前の大正十二年（一九二三年）の賢治の樺太《からふと》旅行を題材としつつ、妖精の封じ込められた不思議な琥珀《こはく》を巡って、賢治があのロシアの怪僧ラスプーチンと対峙《たいじ》する、幻想色の強い伝奇物語なのですから！

――と書けば、驚く方がほとんどでしょう。しかし宮澤賢治という人物には、現実離れしたことをさせても何となく納得できる、不思議な存在感があるのもまた事実ではないでしょうか。その証拠といってはおかしいかもしれませんが、フィクションの世界においては、賢治が主人公となる、あるいは重要な役割を果たす作品というものが、決して少なくない――いやむしろ数多く存在します。たとえば第一五八回直木《なおき》賞を受賞した門井慶喜《かどいよしのぶ》の『銀河鉄道の父』は、賢治を題材とした作品の代表格ですが、よりフィクション寄りの作品を見ても、小説では鏑木蓮《かぶらぎれん》の『イーハトーブ探偵』シリーズや鳴神響一《なるかみきょういち》の『謎ニモマケズ』シリーズ、漫画でも魚乃目三太《うおのめさんた》『宮沢賢治の食卓』や森山《もりやま》まみち『銀のノスタルヂア　イーハトーブ幻想童話集』といった作品をすぐに挙げることができます（その他、柴田勝家《しばたかついえ》の小説『ヒト夜の永い夢』、藤田和日郎《ふじたかずひろ》の漫画『月光条例』などでは、脇役ではあるものの賢治が物語において重要な役割を果たしていますし、名だたる文豪たちがキャラクター化されて登場する漫画『文豪ストレイドッグス』にも、賢治はもちろん登場しています）。

このように、賢治は作品だけでなく、その人物そのものが一種のキャラクターとして、人々に広く愛され、親しまれている作家だといえます。そして本作もまた、そんな賢治を独自の視点から描いた物語なのです。

物語は、賢治が樺太に出発する前日から始まります。旅行の準備の最中、突然長内村《おさないむら》の小久慈《こくじ》から訪ねてきた鈴木《すずき》と名乗る人物から、大きな琥珀を見せられた賢治。好きな宝石である琥珀にテンションの上がる賢治ですが、その琥珀の中には、小さな体に羽根の生えた人間に似た存在——すなわち妖精としかいいようのないものが封じ込められていたのです。幕末、鈴木氏の祖父が掘り当てた時には、二匹の妖精が封じ込められていたというこの琥珀は、ある時二つに割れて中の妖精が離れ離れとなって以来、持ち主の周囲をはじめとして様々な不幸が相次いだという、曰《いわ》く付きのものでした。しかしいつの間にかその一つが盗まれ、数年の間は落ち着いていたというのですが――残ったもう片方の周囲で一月ほど前から様々な怪現象が起き始め、怯《おび》えた鈴木氏は琥珀を託したいと賢治のもとを訪れたのです。祟《たた》りや怪現象は眉唾ものだけれども、本物の妖精であれば大発見、偽物であったとしてもかねてから興味を持っていた人造宝石の参考になる――そんな思いから妖精琥珀を受け取り、軽い気持ちで樺太行きの荷物の中に放り込んだ賢治。しかしそれが途轍《とてつ》もない冒険の始まりでした。

そして翌日、花巻《はなまき》から青森行きの電車に乗り込んだ賢治の前に現れた、貿易商を名乗る人相の悪い男・内藤《ないとう》――部下らしい盲目の女・マチ子《こ》とともに、青森以降もしきりと賢治の周りにつきまとう彼は、やがて驚くべき真実を賢治に語ります。六、七年前にロシアで暗殺されたはずの怪僧ラスプーチンが、妖精琥珀を求めて日本に向かっていると……。かつて盗まれた妖精琥珀の片割れは数奇な運命を経てロシアに渡り、それを手にしたことで不死身の存在となったというラスプーチン。そのラスプーチンの動きを察知した内藤率いる軍の特務機関は、もう一つの妖精琥珀を手にした賢治を囮《おとり》にラスプーチンを迎え撃ち、妖精琥珀を奪取しようとしていたのです。

かくて内藤一派とラスプーチン一派による、二つの妖精琥珀を巡る争いのまっただ中に放り込まれてしまった賢治。時にラスプーチンの呪力に苦しめられ、時に日本軍とラスプーチンの配下の銃撃戦に巻き込まれる賢治は、それに加えて彼を取り込もうとする妖精琥珀が見せる妹のトシの幻影に悩まされることになります。そして奇怪な旅の果て、ついにラスプーチンと対峙した賢治が知った妖精琥珀の真の望みとは……

冒頭に触れたとおり、大正十二年の七月三十一日から八月十二日にかけて、賢治は花巻から青森、そして青函《せいかん》連絡船を経て北海道を縦断、稚内《わっかない》から稚泊《ちはく》連絡船で樺太に渡り、大泊《おおどまり》（コルサコフ）、豊原《とよはら》（ユジノサハリンスク）、栄浜《さかえはま》（スタロドゥプスコエ）にまで至る旅に出ました。その直接の目的は当時勤めていた県立花巻農学校の卒業生の就職を、豊原の王子《おうじ》製紙に勤める先輩に依頼するためでしたが、それだけではなく、前年の十一月に結核で亡くなった最愛の妹・トシの面影を追う旅であったといわれています。

そんな賢治の心象は、旅路で綴《つづ》られた詩――『春と修羅』（第一集）に収録された「青森挽歌《ばんか》」「オホーツク挽歌」や「春と修羅　補遺」収録の「宗谷《そうや》挽歌」など――に示されていますが、これらの詩からは、トシの死を悼み悲しむ想《おも》いだけでなく、トシの存在がその死後どこにどのように行ったのかを知りたいという、半ば願いに似た切実な想いを感じ取ることができます。そしてこの想いと鉄道を中心とした旅路が結びついた結果が、あの『銀河鉄道の夜』に結実したことは、この樺太旅行の翌年頃に同作の初稿が執筆されていることからも想像できます。

説明が長くなってしまいましたが、本作はこのように賢治の人生、賢治の作品を考える上で非常に重要な意味を持つ樺太旅行――すなわち賢治の人生の転機を、伝奇物語の形を借りて浮き彫りにした作品です。そしてそこでは、賢治が一人旅する中で自らスケッチした心象という極めて主観的な世界を、騒々しく剣呑《けんのん》な同行者である内藤たち、あるいは敵か味方かもわからぬ魔力を持つ妖精琥珀の存在を通じて、ある意味相対化し、客観的に語り直してみせるという手法が用いられています。

こうして生まれた本作では、軍の特務機関所属のマチ子たち能力者vs魔人ラスプーチン軍団の激しい伝奇バトルと、トシの（死の）記憶を中心とした賢治の静かな内面世界が、並行して描かれることになります。言うまでもなくこの両者はほとんど水と油といってよいものですが、しかし本作は賢治の詩などに記された「史実」を、巧みに物語の軸として活《い》かすことによって、一つの物語として違和感なく成立させています。それは、『百夜《ももよ》・百鬼夜行《ひやつきやぎようちよう》帖』『鉄《くろがね》の王』といった奇想に満ちた時代伝奇小説と、賢治のそして作者自身の郷土である岩手の偉人や事件を題材とした『柳は萌《も》ゆる』『大一揆《だいいつき》』といった骨太の歴史小説を並行して描いてきた作者ならではの手腕といってよいでしょう。

さて、この解説の冒頭で、賢治は作品だけでなく人物そのものが愛され、それ故にフイクションの登場人物になってきたと述べました。その理由の一つは、賢治の作品の多くが幻想性や寓話《ぐうわ》性が色濃い独特の世界を構築する一方で、賢治自身は日常の中で様々な悩みや苦しみを抱えて生きた、我々と変わらない人間であった――そんなギャップに、我々が魅力と親近感を感じるためではないでしょうか。そして本作における賢治もまた、能力的にも精神的にも、決して伝奇小説のヒーロー然とした超人ではありません。それどころか、日常の中に割り込んできた非日常的な戦いの中を「オロオロアルキ」、内藤たちからは「デクノボートヨバレ」る、そんな等身大の人間なのです。

それでも、そんな無力な賢治だからこそ感じ取れるものが、賢治だからこそできることがあります。物語のクライマックスにおいて二つの妖精琥珀を前にした賢治が取る行動は、突飛なようでいて、しかし作中の出来事を経験した賢治であれば――そして何よりも我々の知る賢治であればきっとこうするに違いない、と大いに納得できるものがあります。そしてそれはまた、この冒険の果てに賢治がたどり着いた境地についても同様です。

賢治は、樺太旅行の始まりである花巻から青森への車中で記された「青森挽歌」において、

「あいつはこんなさびしい停車場を
たつたひとりで通つていつたらうか

どこへ行くともわからないその方向を
どの種類の世界へはいるともしれないそのみちを
たつたひとりでさびしくあるいて行つたらうか」

と、寒々とした情感で記しました。それが旅の終わりである室蘭《むろらん》本線から函館《はこだて》本線の車中で記した「噴火湾（ノクターン）」では、

「一千九百二十三年の
とし子はやさしく眼《め》をみひらいて
透明薔薇《ばら》の身熱から
青い林をかんがへてゐる」

と、うって変わった暖かく爽やかなタッチでトシの姿を描いています。この二つの詩の間にある賢治の心象の変化を促したものは何であったのか——二〇二三年に賢治を描いた本作は、その疑問に対する奇想天外な、しかし不思議な説得力を持つ答えなのです。

（みた・もんど　文芸評論家）

本書は、集英社文庫のために書き下ろされました。

東山彰良　DEVIL'S DOOR
樋口一葉　たけくらべ
ひずき優（雨瀬シオリ・原作）　小説　ここは今から倫理です。
ひずき優　小説　最後まで行く
備瀬哲弘　精神科ER　緊急救命室
備瀬哲弘　うつノート　精神科ERに行かないために
備瀬哲弘　精神科ER　鍵のない診察室
備瀬哲弘　大人の発達障害　アスペルガー症候群、AD/HD、自閉症が楽になる本
備瀬哲弘　精神科医が教える「怒り」を消す技術
備瀬哲弘　もっと人生ラクになるコミュ力UP超入門書
日高敏隆　世界を、こんなふうに見てごらん
日高敏隆　ぼくの世界博物誌
一雫ライオン　小説版　サブイボマスク
一雫ライオン　ダー・天使
一雫ライオン　スノーマン
日野原重明　私が人生の旅で学んだこと

響野夏菜　ザ・藤川家族カンパニー　あなたのご遺言、代行いたします
響野夏菜　ザ・藤川家族カンパニー2　ブラック婆さんの涙
響野夏菜　ザ・藤川家族カンパニー3　漂流のうた
響野夏菜　ザ・藤川家族カンパニーFinal　嵐、のち虹
氷室冴子　冴子の母娘草
姫野カオルコ　みんな、どうして結婚してゆくのだろう
姫野カオルコ　ひと呼んでミツコ
姫野カオルコ　サイケ
姫野カオルコ　すべての女は痩せすぎである
姫野カオルコ　よるねこ
姫野カオルコ　ブスのくせに！　最終決定版
姫野カオルコ　結婚は人生の墓場か？
平岩弓枝　釣女　花房一平捕物夜話
平岩弓枝　女櫛　花房一平捕物夜話
平岩弓枝　女のそろばん
平岩弓枝　女と味噌汁

平松恵美子　ひまわりと子犬の7日間
平松洋子　野蛮な読書
平谷美樹　賢治と妖精琥珀
平山夢明　他《ひ》人《と》事《ごと》
平山夢明　暗くて静かでロックな娘《チャンネー》
平山夢明　あむんぜん
広小路尚祈　今日もうまい酒を飲んだ　〜とあるバーマンの泡盛修業〜
ひろさちや　現代版　福の神入門
ひろさちや　ひろさちやの　ゆうゆう人生論
広瀬和生　この落語家を聴け！
広瀬隆　東京に原発を！
広瀬隆　赤い楯　全四巻
広瀬隆　恐怖の放射性廃棄物　プルトニウム時代の終り
広瀬隆　日本近現代史入門　黒い人脈と金脈
広瀬正　マイナス・ゼロ
広瀬正　ツィス

集英社文庫　目録（日本文学）

広瀬正　エロス
広瀬正　鏡の国のアリス
広瀬正　T型フォード殺人事件
広瀬正　タイムマシンのつくり方
広谷鏡子　シャッター通りに陽が昇る
広中平祐　生きること学ぶこと
アーサー・ビナード　出世ミミズ
アーサー・ビナード　空からきた魚
マーク・ピーターセン　日本人の英語はなぜ間違うのか？
深川峻太郎　キャプテン翼勝利学
深田祐介　翼の時代　フカダ青年の戦後と恋
深谷敏雄　日本国最後の帰還兵　深谷義治とその家族
深町秋生　バッドカンパニー
深町秋生　オーバーキル　バッドカンパニーII
福田和代　怪物
福田和代　緑衣のメトセラ

福田和代　梟の一族
福田隆浩　熱風
ふくだももこ　おいしい家族
福本清三　小田豊二　どこかで誰かが見ていてくれる　日本一の斬られ役 福本清三
藤井誠二　沖縄アンダーグラウンド　売春街を生きた者たち
藤岡陽子　金の角持つ子どもたち
藤岡陽子　きのうのオレンジ
藤島大　北風　小説 早稲田大学ラグビー部
藤田宜永　はなかげ
藤野可織　パトロネ
藤本ひとみ　快楽の伏流
藤本ひとみ　離婚まで
藤本ひとみ　令嬢テレジアと華麗なる愛人たち
藤本ひとみ　ブルボンの封印(上)(下)
藤本ひとみ　ダ・ヴィンチの愛人
藤本ひとみ　マリー・アントワネットの恋人

藤本ひとみ　令嬢たちの世にも恐ろしい物語
藤本ひとみ　皇后ジョゼフィーヌの恋
藤原章生　絵はがきにされた少年
藤原新也　全東洋街道(上)(下)
藤原新也　アメリカ
藤原新也　ディングルの入江
藤原美子　我が家の流儀　藤原家の闘う子育て
藤原美子　家族の流儀　藤原家の褒める子育て
布施祐仁　三浦英之　日報隠蔽　自衛隊が最も「戦場」に近づいた日
船戸与一　猛《たけ》き箱舟(上)(下)
船戸与一　炎流れる彼方
船戸与一　虹の谷の五月(上)(下)
船戸与一　降臨の群れ(上)(下)
船戸与一　河畔《かはん》に標《しるべ》なく
船戸与一　夢は荒れ地を
船戸与一　蝶舞う館

集英社文庫 目録（日本文学）

集英社文庫　目録（日本文学）

集英社文庫　目録（日本文学）

松樹剛史　スポーツドクター
松樹剛史　GO－ONE
松樹剛史　エアエイジ
松澤くれは　りさ子のガチ恋♡俳優沼
松澤くれは　鷗外パイセン非リア文豪記
松澤くれは　想いが幕を下ろすまで　胡桃沢狐珀の浄演
松澤くれは　暗転するから煌めいて　胡桃沢狐珀の浄演
松嶋智左　流《る》警《けい》　傘見警部交番事件ファイル
松田志乃ぶ　嘘つきは姫君のはじまり
松永多佳倫　沖縄を変えた男　栽弘義──高校野球に捧げた生涯
松永多佳倫　偏差値70からの甲子園　僕たちは野球も学業も頂点を目指す
松永多佳倫　偏差値70の甲子園　僕たちは文武両道で東大も目指す
松永多佳倫　まかちょーけ　興南　甲子園春夏連覇のその後
松永天馬　少女か小説か
松本侑子　花の寝床
モンゴメリ　松本侑子・訳　赤毛のアン
モンゴメリ　松本侑子・訳　アンの青春
モンゴメリ　松本侑子・訳　アンの愛情
丸谷才一　星のあひびき
丸谷才一　別れの挨拶
麻耶雄嵩　メルカトルと美袋《みなぎ》のための殺人
麻耶雄嵩　貴族探偵
麻耶雄嵩　あいにくの雨で
麻耶雄嵩　貴族探偵対女探偵
眉村卓　僕と妻の1778話
まんしゅうきつこ　まんしゅう家の憂鬱
三浦綾子　裁きの家
三浦綾子　残像
三浦綾子　石の森
三浦綾子　ちいろば先生物語(上)(下)
三浦綾子　明日のあなたへ　愛するとは許すこと
みうらじゅん　とんまつりJAPAN　日本全国とんまな祭りガイド
みうらじゅん　宮藤官九郎　どうして人はキスをしたくなるんだろう？
みうらじゅん　宮藤官九郎　みうらじゅんと宮藤官九郎の世界全体会議
三浦しをん　光
三浦しをん　のっけから失礼します
三浦英之　五色の虹　満州建国大学卒業生たちの戦後
三浦英之　南三陸日記
三浦英之　水が消えた大河で　ルポJR東日本・信濃川不正取水事件
三浦英之　帰れない村　福島県浪江町「DASH村」の10年
三木卓　柴笛と地図
三崎亜記　となり町戦争
三崎亜記　バスジャック
三崎亜記　失われた町
三崎亜記　鼓笛隊の襲来
三崎亜記　廃墟建築士
三崎亜記　逆回りのお散歩
三崎亜記　手のひらの幻獣

集英社文庫 目録（日本文学）

三崎亜記　名もなき本棚
水上勉　故郷
水上勉　働くことと生きること
水谷竹秀　日本を捨てた男たち　フィリピンに生きる「困窮邦人」
水谷竹秀　だから、居場所が欲しかった。　バンコク、コールセンターで働く日本人
水野宗徳　さよなら、アルマ　戦場に送られた犬の物語
未須本有生　ファースト・エンジン
水森サトリ　でかい月だな
三田誠広　いちご同盟
三田誠広　春のソナタ
三田誠広　永遠の放課後
道尾秀介　光媒の花
道尾秀介　鏡の花
三津田信三　怪談のテープ起こし
美奈川護　ギンカムロ
美奈川護　弾丸スタントヒーローズ
美奈川護　はしたかの鈴　法師陰陽師異聞
湊かなえ　白ゆき姫殺人事件
湊かなえ　ユートピア
湊かなえ　カケラ
宮内勝典　ぼくは始祖鳥になりたい
宮尾登美子　影絵
宮尾登美子　朱夏(上)(下)
宮尾登美子　天涯の花
宮尾登美子　岩伍覚え書
宮木あや子　雨の塔
宮木あや子　太陽の庭
宮木あや子　喉の奥なら傷ついてもばれない
宮城公博　外道クライマー
宮城谷昌光　青雲はるかに(上)(下)
宮子あずさ　看護婦だからできること
宮子あずさ　看護婦だからできることII
宮子あずさ　老親《ろうしん》の看《み》かた、私の老い方
宮子あずさ　ナースな言葉　こっそり教える看護の極意
宮子あずさ　ナース主義！
宮子あずさ　卵の腕まくり　看護婦だからできることIII
宮沢賢治　銀河鉄道の夜
宮沢賢治　注文の多い料理店
宮下奈都　太陽のパスタ、豆のスープ
宮下奈都　窓の向こうのガーシュウィン
宮田珠己　ジェットコースターにもほどがある
宮田珠己　だいたい四国八十八ヶ所
宮部みゆき　地下街の雨
宮部みゆき　R.P.G.
宮部みゆき　ここはボツコニアン1
宮部みゆき　ここはボツコニアン2　魔王がいた街
宮部みゆき　ここはボツコニアン3　二軍三国志
宮部みゆき　ここはボツコニアン4　ほらホラHorrorの村

集英社文庫

賢治《けんじ》と妖精琥珀《ようせいこはく》

2023年 8 月30日　第 1 刷　定価はカバーに表示してあります。

著　者　平谷美樹《ひらやよしき》

発行者　樋口尚也

発行所　株式会社　集英社
東京都千代田区一ツ橋2-5-10　〒101-8050
電話　【編集部】03-3230-6095
【読者係】03-3230-6080
【販売部】03-3230-6393（書店専用）

印　刷　凸版印刷株式会社

製　本　凸版印刷株式会社

フォーマットデザイン　アリヤマデザインストア　マークデザイン　居山浩二

ISBN978-4-08-744562-6 C0193